여름밤위원회

시인의일요일시집 **001**

여름밤위원회

초판 1쇄 펴냄 2021년 11월 11일
초판 2쇄 펴냄 2024년 3월 29일

지 은 이 박해람
펴 낸 이 김경희
펴 낸 곳 시인의일요일

표지·본문디자인 노블애드
경영지원 양정열

출판등록 제2021-000085호
주   소 경기도 용인시 기흥구 연원로42번길 2
전   화 031-890-2004
팩   스 031-890-2005
전자우편 sundaypoet@naver.com
블 로 그 https://blog.naver.com/sundaypoet

ISBN 979-11-975090-1-8 (03810)

값 10,000원

＊이 책은 2020년도 한국문화예술위원회 아르코문학창작기금
  지원사업에 선정되어 발간되었습니다.

여름밤위원회

박해람 시집

시인의
일요일

밤은 거대한 문자의 덩어리 같았고
낮은 실체들의 묘사력 같았다

안 나오는 잉크를 몇 번 흔들었었다

그리고
두 번 접은 비밀과
일곱 번 접은 비밀을
한 가지 말투로 이야기했다

차 례

1부 봄밤

봄밤 ········ 11
북벽 ········ 12
창백한 푸른 점 ········ 14
저글링 ········ 16
여름밤위원회 ········ 18
악몽 ········ 20
물의 학회 ········ 22
흉내 ········ 24
눈치 ········ 26
망루 ········ 28
지구라는 사실 ········ 30
연좌제 ········ 32
회유 ········ 34
감나무를 뒤집자 ········ 36
불타는 의자 ········ 38
수염이라는 남자 ········ 40
의자를 심어 놓고 ········ 42
훈자, 강릉 ········ 44

2부 만추

폐곡선 ········ 49

만추 ········ 50

만두 ········ 52

작살 ········ 54

노자 ········ 56

마당이라는, 개의 이름 ········ 58

이발소 그림 ········ 60

양파의 참을성 ········ 62

달에는 펄럭이는 씨앗이 있다 ········ 64

트렁크 ········ 66

공평한 확률 ········ 68

숨통 ········ 70

전생을 모함하는 모임에 갔었다 ········ 72

새들의 취향 ········ 74

여섯 개의 손가락 별명 ········ 76

누군가 나무에 돌을 던졌다 ········ 78

궤짝 ········ 80

편집증 ········ 82

어이, ········ 84

질문의 동네 ········ 86

사람이 너무 가벼워져서 ········ 88

손의 부축 ········ 90

근황 ········ 92

6월의 담장 ········ 94

3부   요동치는 정각에 만나요

흔들린 손 ········ 97
요동치는 정각에 만나요 ········ 98
빨간 실 ········ 100
책의 뼈 ········ 102
칼집 ········ 104
아랫입술을 깨물면 ········ 106
감량 ········ 108
미문 ········ 110
착석률 ········ 112
꿈에서 잠 밖으로 ········ 114
네모를 그려 새를 가둔다 ········ 116
흉몽과 놀았다 ········ 118
폐정일주廢井日酒 ········ 120
술독 ········ 122
꽉, 막힌 사람 ········ 124

해설 ········ 127
채움과 비움, 그 역설의 시학 / 이병국(시인, 문학평론가)

봄 | 1부 |
밤 |

봄밤

오늘 밤은 정전이어서
봄밤이다

집배원은 배꽃들이 낭비한 봄밤의 고지서를 배밭 주인에게 배
달했다

불 끄는 배꽃
화르르 절전

북벽

어항 속 달팽이가
어항을 타고 올라온다
간다

온 입을 유리에 붙이고 아니, 온 내장을 붙이고 미끄러운 밥을
먹고 있는 것처럼, 로프도 없이 고소공포증도 없이 북벽에 매달
린 등반가의 실패한 정상 정복처럼 절벽의 표면장력에 만근한 노
동자처럼 거미의 거미줄처럼 로프공의 로프처럼 점액질의 밧줄
을 타고 달팽이는 미끄럽고 아찔한 유리 표면을 먹으며 천천히
오거나 간다

달팽이들의 몸에는 몰아친,
몰아치고 있는 회오리 하나쯤 꼭 있다

피치 못해 북벽 밑에서 이름만 묻는 장례를 치른다는 부고를
받았다 희박한 숨을 쉬다 갔노라, 는 첨부언이 있었다 이쪽저쪽
과 아찔한 높이와 믿지 못할 바닥이 있었다고 했다

그는 자신이 떨어진 곳이 안쪽인지 바깥쪽인지 모를 것이다

돌아앉거나 돌려 세우지 않았더라도
북벽은 흐느끼는 사람의 등 같다

창백한 푸른 점 *

얼굴을 뒤지면
저렇게 작은 지구 여러 개 있다
지금은 64억 km를 지나와서
내 얼굴에 있는 점을 본다

멀리서 나는 본다
까마득한 거리
내 얼굴의 점 하나를 보기 위해선
얼마나 많은 거리를 비행한 다음이어야 하나
흘러와서 점 하나쯤 남기고
우주 저편으로 떠도는 동안
내가 거울 앞에서 고개를 돌려 내 점을 언뜻 보는 순간이
64억 km의 거리를 지난 시간이라는 사실

적어도 내 점 하나에는
수천 명의 이름이 들어 있다
무거워, 얼굴을 나누며 오간다

그 먼 밖에서 나를 보고 있었으니
겨우 고작, 이라는 말 배워서 가끔 써먹고 있을 뿐이었지

거울을 보면
이미 오래전에 나는
나를 지나쳤다는 것을 알 수 있다
둥둥 떠갈수록 나와는
영영 만날 수 없다는 사실

오늘은 눈이 내리고
지구는 여전히 헛바퀴를 돌고 있다

* 칼 세이건. 보이저 1호가 64억 km 밖에서 찍은 지구 사진

저글링

손이 모자라도 괜찮아
두 개 사이에 하나를 숨겨도 괜찮아
양손이라고 믿어 온 당신들
하나의 손이 더 있었다는 사실에 놀라도 괜찮아
오른손과 왼손이 서로 모른 척하는 시대는 지났으니까
세 개의 공을
두 개라고 완벽하게 속이는 일
추락하는 계기판이 주고받는 경고등들처럼
파랗게 던진 공이 빨갛게 익을 때까지
놓치지 못하는 사과나무들처럼
그렇지만 파랑과 빨강으로 허둥대도 괜찮아
어차피 당신들이 갖고 노는 것은
두꺼운 백과사전의 궤적들이니까
던져 올린 사과들이 이기적인 무중력을 챙겨 달아나거나
칼로 돌아오기도 하는 일은 흔하니까
돌려 막는 아니, 돌려 받는 일 사이에도
악수를 하고 어느 손? 주먹 쥔 두 손을 내밀어
다정을 시험하기도 하니까

그러는 사이 세 개의 공
혹은 다섯 개의 공이 부화되어 날아가기도 하니까
제의 받은 날짜들에 동의하고
내가 늙으면 너도 늙어, 통쾌한 비례
저글링이 끝나고 정중하게 모자가 돌면
하루는 끝이 나겠지만
한번도 공중을 향해 던져진 적이 없는
새알들에서 날개가 나온다는
신기한 사실

여름밤위원회 *

웅덩이에는 날파리가 왱왱댄다
물결 같은 건 없어 그러니까 소녀의 얼굴이 몇 살인지는 나도
몰라

꽃씨가 흘러나오는
소녀의 얼굴,
왜 태양을 꽃이라고 생각하지 않는 거지
찡그린 꽃씨라고 말하지 않는 거지

언젠가 뒷면에 침을 발라 붙인 달이 아직도 편지봉투에 떠 있다

여름밤위원장의 팔에 달무리가 채워져 있고 딸은 머리를 풀자
여러 개의 밤길이 사라진다

가장 큰 날개는
가장 작은 날개를 먹을 수 없지
부엉이와 날파리는 외계
확성기는 가까운 말

거수擧手를 하는 꽃들의 한 뼘
한밤의 풀밭에 얼굴을 터는
소녀들의 파종기
주근깨라 불리는 검은 별들

돌을 던지면 머물던 장소들이 사라진다는 귓속말,
방심한 곳에 쪼그리고 앉아 달무리를 올려다보면 부르르 떨리
는 웅덩이들,
가상의 뼈를 활짝 여는 하품

여름밤위원회는 다음과 같은 결정을 내렸다
여름은 지구상에서 가장 오래된 계절이고
박수는 가장 오래된 의견이다
몇몇 번지는 의견은 제외되었다

* 헤르타 밀러

악몽

악몽에선 식빵들이 부풀고
타이머는 벚나무 그늘을 새까맣게 태웠다

숀 필립스 씨는 열두 줄 기타 줄을 끊었고 의상실 견습 소녀가
잘못 박은 재봉 선엔 실통 대신 머리카락이 들어 있었다 나는 눈,
눈알에 작은 구멍을 뚫고 스무 살이 넘은 여자를 내다보고 있었
다 옆방과 안쪽 방 중 하나는 늘 비어 있었는데 두 방향을 섞으며
산다는 뱀이 문고리를 걸고 조악한 침대의 스프링들을 조율하
곤 했다

야경증은 맥박이 도망가려는 증상이고
벚꽃의 허언을 믿지 못하는 봄밤의 의심이라고 한다

여자는 자신의 눈알을 감추고, 마당의 벚나무 밑엔 참 아름다
운 음모陰毛가 돋아나는 것이다 잠을 깨야 하는데 투명한 반달
을 뚫고 자꾸 신청곡이 들어오고 작은 벤치의 양 끝은 절벽이라
고, 다른 냄새가 옆에 앉으면 막다른 봄이라고 소녀들이 흘기는
눈으로 다그쳤다

아름다워서, 황송해서 악몽이라지만

물고기의 꼬리는 상류여서 거슬러 올라간다고 생물시간인지
생몰시간인지 잘 기억나지는 않지만 숭어들을 데리고 학교에 가
는 날은 여지없이 상류는 결석을 했다

짐승의 말로 낸 수수께끼를
여전히, 사람의 꿈으로 풀고 있다

물의 학회

한 켤레의 물을 신고 걷는다
자꾸 흘러내리는 물의 기장機長

물광 내는 남자를 알고 있다 수천 겹의 물을 덧바른 남자의 손
엔 까만 물때가 끼어 있었다 적란운인 듯하지만 흑연이 낀 손톱
이 열 개 아침마다 짐승 하나가 송곳니로 빠져나가면 입속을 헹
궈 내던 물 남자가 물로 닦아 온 것들은 다름 아닌 짐승들의 발,
한 켤레의 구두가 번식시키던 질긴 노동

물을 덩어리라고 인정하지 않는 학회의 간사를 지낸 남자를 알
고 있다 그의 말에 의하면 물의 뼈는 쉬지 않고 졸졸 소리를 낸다
고 했다 돌 속에서 성호를 그은 물의 종류 중에는 나무 빨래판
이 있다고도 했다 또 물을 세공해 파는 남자도 알고 있었는데 물
은 와장창 소리가 없어 절대 깨지지 않는다고 했다 바닥에 흘려도
쓸어 담을 빗자루가 개발되지 않았으므로 파편이 되지 못한다고
도 했다 또 어릴 때 물을 동생으로 둔 친구는 틈나는 대로 물을 업
어 주었는데 가끔 따뜻한 물이 등을 적셨다고 했다 물이 울고 물
을 달래다 짜증을 내면 친구의 엄마는 물 흐르는 대로 살아라, 했

다고 한다 어느 날은 하류에 모여 살던 신발들을 찾으러 간 친구는 발목을 삼킨 물에게서 평생 허우적거리는 법을 배워 왔다고 했다

가끔 그런 생각은 안하나? 누구에게도 허락받지 않는 물은 물물교환하듯 지구의 곳곳을 섞어 놓고 한 모금으로도 사막과 대항할 수 있고 모래들의 주인이며 지구의 제곱미터들의 합산이기도 하며 모든 돛들의 정박지이기도 한 물은 미시시피와 황하의 그 길고 긴 거리로 지구를 둘둘 감고 있다는 생각 같은 것 말이다

물을 세공하는 남자와 물광 내는 남자와 아가미가 달린 구두를 신고 뻐끔뻐끔 걸어가는 남자는 같은 이름을 하고 선미船尾라는 이름의 한 여자를 사랑했던 내 친구인데 훌쩍훌쩍 울고 있는 물의 등을 쓰다듬어 주며 물엔 매운맛과 뜨거운 온도가 들어 있고 단맛과 신맛이 들어 있지만 맵고 뜨겁고 또 달고 신맛은 그날 그날의 표정일 뿐이라고, 꼼지락거리고 비늘이 돋는 열 개의 발가락을 신겨 주고 가는 것이다

밀물을 접안시키는 도선사導船士 공부를 해야겠다

흉내

— 죽은 이웃의 유품을 정리해 주러 갔다가 유족 없는 유품들은 망자
보다 더 망자 같다는 생각을 했다 각자 쓸모에 맞는 것들은 들고 가기로
해서 털실로 짠 옷가지를 챙겼다 몇 번 불러도 오지 않던 고양이는 지금
은 없는, 목소리를 흉내 내어 부르자 그때서야 다가온다

챙겨 온 흉내를 풀자
동그란 털 뭉치 몇 개가 나왔다
그 털 뭉치가 풀리는 일이 곧 매듭이 된다
둥근 뭉치는 어느 방향으로부터도
자유롭고 홀가분해서 어느 부위도 될 수 있다
풀어지면서 옷 한 벌이 된다
그러니까, 허무는 일은 허물어지는 일이 아니라
풀고 풀어지는 일이 된다

풀리면서 형체가 되고
얽히고설키는 과정을 지나
산 사람의 흉내가 된다

주인이 죽은 고양이는 자꾸 흉내를 굴리며 논다
후각이 좋은 고양이는
죽은 사람이 막 도착한 세상의 냄새를 맡고
또 죽은 사람은 매듭이 없어
다시 뜨개질하는 옷가지들은 아무래도
그 몸을 흉내 내는 것 같다

여러 사람을 흉내 내는 일로
먹고사는 사람도 있다

눈치

할머니 둘과 일곱 살 아이가
버스를 기다린다
아이는 말보다 귀가 늙었다
온 동네가 다 아는 엄마 없는 아이지만
아이만 모른 척한다
아이는 성격이 좋아서
온 동네의 모른 척들과도 잘 논다

전 정류장을 출발했다는 버스는 기다려도 오지 않고
개나리는 어쩌자고 노란 리본을 셀 수도 없이 달고 있나
할머니 둘, 주고받는
작은 말들 중에
아이의 엄마가 언뜻언뜻 보였다 사라진다

엄마는 아무 나무도 안 된 것이 분명하지만
가끔 아이에게 들러 울먹울먹 다독이다 가곤 하는데
아이는 그 울먹울먹하는 때가
엄마 같아 좋다

세상엔 안 들리는
작은 사람도 있지만
할머니들만 모르는 일들 중엔
눈치로 만나는
아이와 엄마도 있다

망루

― 지친 망루가 자신의 옆구리에 놓인 비계를 밟고 내려와 쉴 때 망루
끝에선 잠자리인지 손짓인지 아니면 다급한 외침인지가 앉아서 망설이고
있었다

아찔한 발밑 없이는
어떤 망루도 생기지 않지만
가끔 옆구리가 뜨끔거린다면
당신에게도 망루로 올라가는 비계가 생긴 것이다

비행이라는 말은 신발이 필요 없지만 날개는 대부분 착각 한
벌로 깁은 것이다 착각 한 벌에서 예민한 현악기의 음이 흘러나온
다면 그건, 말소된 고민들이 모인 것이라고 생각했다

좁아서 망루,
물들이 어두워지는 수평선 끝에서
짧은 생각이 긴 변명들을 끌고 몰려올 때
망루의 비계들은 문득문득 또는
이 지경, 저 지경이라고 자칭했다

망루를 꺾어 조문을 하고
굳이 높은 곳을 골라 익어 가는 열매들의 처지를 알 것 같았다

예악禮樂을 따르다 묵墨의 학파로 변절했다
여름에는 곡식을 구걸하고 추수가 끝나면 재빨리 장의사로 변
신하는* 법을 망루 밑에서 배웠다

자, 망루란 불안을 확인하는 곳인가 불안을 지키는 곳인가 망
루 밑의 우물들은 모두 폐정이고 굴욕만 아니라면 굴복도 가끔
은 괜찮다고 목 빼고 계약 없는 일을 살피는 곳인가 양분법은 천
박한 분류법이어서 하루의 전략이 동이 나면 이 망루에 올라 찡
그린 노을처럼 붉어진다

횡설수설에게서 붉은 얼굴을 배워야 한다
그러니, 의사들은 망루 수술법을 익혀야 한다

* 묵자(墨子)

지구라는 사실

밝은 창문들
그건, 지구라는 사실들

빛은 가장 따뜻한 깃털 같지만
가장 멀리까지 날아가는
소등消燈의 단위를 놓고
관료들과 무선사들의 관점은 다르다
닫힌 곳에서 밝을 수 있다는 것에 놀란다
그런 창문을 층층이 쌓아 놓고
열고 닫히는 방식 없이도
사각을 밤하늘로 쏘아 올린다
그러나 사각으로 가공된 불빛도 대기권을 지나면
산딸기 같은 작은 뭉치로 복원된다는 사실

몇 개 안 되는 열쇠 꾸러미에서도
한 개의 문을 더듬는 밤이 매일 돌아오는
이곳이 지구라는 사실

지구, 라고 말하면
퇴근 후의 한 귀퉁이가 되는 사람들
적어도 우리의 문명으로는
이만한 변두리와 주변을 구할 수 없으니까
몇 개의 질문을 지구 밖으로 보내면
연료가 떨어질 때까지 간다는 것
무중력에서 멈추는 일이 없겠지만
멈추지도 못한다는
지구라는 사실

저 밝은 사각들
오랜 시간을 지나온 인류가 만들어 낸
지구라는 사실

연좌제

사상범

죽은 개의 뼈에서 꼬리치는 바람
혓바닥이 있던 자리쯤에서 분홍색 꽃이 피었다
개는 평생 꼬리를 흔드는 존재
너무 가까운 두 귀는 풀여치를 풀어놓는다
입속에는 으르렁대는 대문과
삐걱대는 두 귀를 열어 놓고 있다
동종으로는 강이 있고
퇴로를 손질하는 빨치산들이 있다
모두 긴 꼬리를 갖고 있다

반딧불이 눈

　예전과 이후들에서 동명 살생의 전력이 있다 육신보다 먼저 썩
는 계급장들이 있어 지금도 묶여 있는 개들은 가끔씩 산 쪽을 보
면서 짖는데 변태한 관棺들이 반딧불이를 눈 속에 넣고 바스락바

스락 밤의 숲을 날아다니기 때문이다

나의 개들은 여름쯤 그릇들로 깨졌다
컹컹 짖을 때 사금파리가 쏟아졌다

패륜

웅크린 엄마를 이리저리 가늠했다 몰래 그림자를 차지하고 내
품과 맞나 안 맞나 재곤 했다 까짓것, 조금 구겨지면 어때, 비틀
어 펴면 되지 삐죽삐죽 나온 곳은 뜯어먹으면 되지 아직 성한 곳
들은 골라 내 패륜을 수리하면 되지

혐의가 없어 난처한 적이 있다
그가 내 몸을 두들기고 다그친 뒤 겨우 찾아낸 혐의는
이런, 개새끼!

욕설에게 너무도 큰 신세를 진 적이 있다

회유

살면서 참 친절했던 순간이 있다면
회유당하던 순간이었다
목소리들은 다정했으며
모든 전일前日은 깨끗하게 없애 주겠다며
너무 가까운 말들로
멀리 숨겨 놓은 내 귀를 바짝 끌어당겼지

너무 아름다워서 부르르 떨리던 회유
가시덤불 하나를 온통 뜯어내겠다고
손에 묻은 피를 꼭 쥐던,
그 손아귀들이 제시하던 것들
매 맞은 곳곳들에서
욱신거리며 피던 눈치 없는 꽃들
그렇다고 옳은 것들을
어떻게 그른 것으로 섞어 놓을 수 있나

이젠 더 이상 회유당할 밑천 같은 건 남아 있지 않아
친절한 말투들이 그립기까지 하는

지경에 다다랐을 때
지금도 그때의 친절을 만나면
이때다 싶어 그냥 다 내놓고 싶은데
이냥저냥 들춰 보고 별 반응이 없다

세상의 꽃들이란 다
지극한 봄볕의 회유, 그 끝들이 아닌가
회유에는 부추기는 배신이 들어 있지만
잘생긴 회유 하나 품고 있으면
어떤 목전에 다다르던 든든한 나의 우군 같은
그런 회유를 차일피일 뒤끝에
잃어버리고 말았으니
지금이라도 누군가의 회유를 따라가
그의 편이 되고 싶을 때가 있다

감나무를 뒤집자

감나무를 뒤집자
동그란 매듭이 쏟아졌다

가끔, 한 사람의 무게 대신
부러지는 나뭇가지가 있다
그때마다 미수에 그친 일들은
동그랗게 쌓인다
겹겹이 된다
부르르 떠는 나이가 된다

밑바닥들을 꽃이라고
비쩍 마른 가을볕이 서성인다
공중을 끊어 이긴 사람이
우지끈, 버려진 사람이
터진 홍시 하나를 수습하듯 주워 들고
물렁한 단맛을 본다

감나무 밑에선 물러터진 일쯤 흉이 아니다

이미 딱딱했던 때를 지난 것들이어서
살 만하니 살아 보라고
누구나 하나씩 중력을 받았지만
스스로 익힌 중심은 늘 어설프다
그래도 땅은 사람의 무게 편이어서
매달린 사람 하나를
발버둥쳐 끌어내린 바닥

넘치면 죽기도 힘든 법이라고
더 비우고 살라고
뒤집힌 감나무가 다독거린다

불타는 의자

의자를 끌어내는 행위에는
어떤 죄목이 붙나

한참동안 도망 나오는 불길을
물끄러미 바라보았다
절뚝거리는 걸음이 가득 차면 의자는
그때부터 삐걱거린다

붉은 피를 가진 짐승
아무도 이 뜨겁고 붉은 권위를 수혈받은 적이 없다

네 개의 다리를 더 얻는 것을 경계해라
여섯 개의 다리로 군림해 온 망조
불타오르는 핏기들
편안했던 한때는 흰 연기로 온순하지만
눈물이 섞인 애도를 강요한다

이 의자는 그러니까, 정원 서쪽에 파동침을 꽂아 놓고 기다리

면 바람 잠잠한 날에 묘목이 되는 순간이 있다 그때 잎을 틔우면
큰 나무가 된다고 한다

앉은뱅이 장인이 만들었다는 의자
오래 앉아 있으면
파동침을 무수히 빼내야 한다고 한다

선친의 의자를 불태우고
관절을 앓는다

수염이라는 남자

회화繪畵라고 써 놓고
면도칼을 간다

죽은 사람의 수염을 깎을 때 관목지대에서 흰 자작나무가 흔
들렸고 칼끝에서 조롱조롱 소리가 났다

낙화의 속도를 즐겨 그렸던 탓에 분별없는 붓을 지니고 다녔다
독촉 받은 삽화는
아마포처럼 저 혼자 쓸쓸한 감촉이다

철없는 누이와 살림을 차렸던 매형은
집 근처 농업고등학교에서 훈고학訓詁學을 가르쳤었다
수염은 말의 자전字典이어서
힘없는 겉장을 열고 잊힌 말 쪽으로 부드럽다

수염은 표정의 일종으로 자주 사람의 얼굴을 바꾸지만 냉소
쪽으로 휘어지는 북향이다 낮게 내려온 지붕의 끝 같기도 하고
열어젖힌 창문의 커튼 같기도 하다 수염은 죽은 사람의 유일한

좌우대칭이었고 또 얼굴의 의복이어서 묻는 것들이 많았다 소매
에 묻는 헛손질 끝에 매달려 떨리는 치齒를 가려 주던 차양

입술이, 굳어진 말이라면
이제 입 속은 독방이 되었을 것이다

면도칼에 닿는 한 방울의 피는 아무런 의사가 없다

죽은 사람은 평생
거울 속, 한 남자의 수염을 깎아 주었을 것이다

의자를 심어 놓고

봄, 의자 씨를 어렵게 구해 뿌려 놓고 햇볕의 수족을 잘라 폭
염을 준비하고 먼 곳의 가래나무 한 그루를 달래 붙잡아 놓고

착석의 뿌리들이 등을 기대고 있고 씨앗들은 구르지 않는다
오래 앉아 있던 자리마다 풀들이 방석처럼 구겨져 있었고

공중의 필담들이 앙상했었다 꾹꾹 눌러 쓴 점들이 썩은 열매
로 떨어졌었다 그 살 오른 점을 열어 보면 넓은 등받이 쪽에서 날
파리들이 흘러나오고 있었지

의자가 자라서 네 개의 다리마다 한번도 꿇어 본 적이 없는 마
디가 튼튼해지면 의자에 앉아,

색깔들이 썩어 가는 냄새를 맡는다거나 어둑한 쉼표들을 데리
고 논다거나 거미들이 공중에 실금을 내는 것을 본다거나 읽다
만 책을 두 번 다시 읽지 않는다거나

세계의 숫자들만 찾아다니다 한 개의 씨앗에서 네 개의 싹이

돋는다는 전설을 생각한다

 의자는 네 개의 뿌리를 가지고 있고 그중 거짓의 한 개가 있어
기우뚱거리는 안식년을 갖는다

 필담들을 꺾어 불을 피우는 계절이면 의자는 넘어진 쪽에서 꽃
을 피운다

 의자는 제 씨앗을 오래 앉혀 두려는 습성이 있다

훈자, 강릉

동쪽에서 도망치고
청춘이 되었다

청춘에서 헤어진 사람들은 모두 유족 같다

삼거리마다 혐의가 날뛰고 골짜기의 검문을 받았다 너무 외로
워 여학생들의 하굣길에 서 있었던 그때처럼 살구꽃 그늘에나 깔
리는 모포처럼

바람 불면 살구나무들마다 화르르
꽃으로 꼬리를 치는

훈자, 무슬림 소녀 같은 봄

대자보들은 동쪽 해안의 캠퍼스에서 뜯겨졌다 중부에 서서 이
쪽으로 혹은 저쪽으로 기울어지고 싶었다 그 덕에 시인이 되고
훈자에 도착해서 한 마리 여우가 돌아다니는 시를 쓰고 있다

여우는 을씨년스러운 환유
코끝으로 타협하고 꼬리로 우아하게 꽁무니를 뺀다

웃음은 모두 초면인데 좁은 창문 한 귀퉁이로 내다보는 부끄
러운 유족들 늙은 살구나무에게 물어보면 첫사랑을 빼앗는 왕
처럼 5월이 곧 올 것이라고 귀띔한다

반군들이 흘리고 간 좌표도 없는 허공으로,
4월의 살구꽃으로 도망치는
훈자, 혹은 강릉

2부|

만
추

폐곡선

평생 새의 꽁지 깃털을 따라다니는 물의 무늬가 있다 새의 폐
곡선이 가득 묻어 있는 물무늬는 새의 한 종류이자 새의 후미다
어떤 물짐승들은 그 무늬로 문자를 삼기도 한다 입 모양이 없어
귀의 모양도 없고 한번 지나친 길은 꽁꽁 언 뚜껑을 덮어 놓기도
한다 숨기고 있는 발은 새의 뒷일이다

저 구불거리는 것이 물의 미소라면 새들은 지금 끽끽거리며 웃
고 있는 중이고 수초들은 그 미소를 부력으로 삼는다 평생 꽁무
니를 따라다니는 추종이다 물 위에서 새가 공중으로 날아오를
수 있는 것은 발의 궤적을 한순간 뭉쳐서 흘려보냈기 때문이다
교차를 흘려보낼 수 있다는 것, 새들은 북쪽으로 날아가서도 두
고 온 폐곡선을 기억한다

착지와 다급한 이륙은 다 폐곡선이다 새들이 평생 그은 궤적
으로 허공은 다 촘촘한 그물이지만 어떤 새도 그 그물에 걸려
죽지는 않는다 평생 새의 꽁무늬를 따라다니던 물의 무늬가 푸
드덕 날아오르고 나면 겨울이다 얼어붙은 새의 폐곡선이 뒤뚱
거린다

만추

창문들이 휘날렸다
나무들이 밀랍처럼 굳어 갔다

우리는 애인을 불 피우는 일로 모였었다

장발들은 오후의 파도처럼 아름다웠으나 두고 온 방들은 부
스스했다 이제 가을은 누구의 애인이 될 것인가를 놓고 손가락
들은 다이얼을 돌렸다

도립병원은 자정마다 침대 하나씩을 비우고 못된 질문들이 손
끝에서 자랐다 술병을 옮겨 가며 목이 뜨거워지는 검은 정장의
연대

급하게 매고 나온 욕설들이
씨팔씨팔 화가 나 있었다

진홍의 회오리를 목에 두르고 날아가려 했니
짧은 간극을 달렸니

애인들은 어디쯤에 있다는 장지가 부럽고 창문은 검은 그림자
를 태우고 왜 살아서 날아가지 않았을까

주머니는 따뜻한 추도사, 용기가 없었던 만추
고백으로 맞은 뺨이 지금껏 애인이다

만두

칠흑 같은 어둠을 집어넣고 빚은 만두를 먹는 저녁은 캄캄하고 혀들은 덜그럭거리고 정전의 한때는 검은 국물처럼 뜨겁다

그릇에서 식지 말고 떠날 것 아니, 그러지 말고 검은 어둠으로 잠시 머물 것 양면의 집착은 없다 반을 여밀 때 그것들은 집착이 아니라 접착이 된다

실연을 하고 만두를 먹었다

밥상에 반죽을 밀어 놓고 컵으로 원을 떠낸 달을 반으로 접으면 보름이나 혹은 월초 같은 건더기가 불룩한 만두가 되었다 그걸 하루에 한 단어씩 아껴 먹었다 그릇을 씻고 입 안을 헹궈 내면 수챗구멍이 온통 환했다

날개를 모아다 보관하기도 했고 밤의 찬 공기들이 터질 듯 들어 있기도 했다 만두는 빚어지는 방식을 편애하지 않았다

공평한 숫자가 담긴 그릇을 앞에 놓고 밝은 몸에 들어 기어이

검은 그림자를 끄집어내고야 마는 반으로 접힌 만두, 다시 불이
들어오고 꼭 누군가 밥상에 같이 앉았던 것 같은 흔적이 있다

　그때 귀를 만지면 가려운 귀와 아픈 귀가 서로 다르다 만두를
많이 먹은 계절에는 귀 없이 지내야 된다

작살

별을 조각낸 형이
아름다운 작살을 만들었다
붉게 달아오른 별을
몇 번 물속에 넣었다 뺐다 하는
담금질 끝에 미늘이 돋았다
가끔 역류하는 물살이 작살에 걸려 올라왔다

사람이 흐느끼는 이유는 별이 목에 걸려 있어서 그렇다고 했다
물을 많이 먹으면 허우적거리는 꿈을 갖게 된다 해서 얕은 물을
접시에 따라 마셨다 가끔은 깊은 물속을 딛고 숨 없는 키를 재
보곤 했다

숫돌에 작살을 갈 때마다
별똥별들의 낙하 속도는 한층 빨라졌다
여름 내내 작살질했던 강은
물비늘 사이사이 상처가 나 있다
물의 상처는 병든 물고기들의 밥
저녁의 수면에 곤충들이 물의 상처에 달라붙었다

그럴 때마다 물고기들이 첨벙, 뛰었다

여름은 형을 배우는 계절
물이 쌀쌀해지면 형들은 사라진다 감쪽같이
어디에 있었냐고 물으면
가을은 매달리는 일을 견뎌야 하는 계절이라고 했다

물이 피 흘리는 일을 두고 형은 물이 녹슨다고 했다
별들이 까맣게 익는 일과 같은 것이라고 했다

노자

죽은 다음에 뼈로 늙는 사람이 있다

뼈로 닮고
살들로 외면하는 사이들

뼈들은 수군거리지 않는다
어려서 이미 지구를 한손으로 돌려 본 경험이 있다
인간의 심사가 각기 다른 언어를 쓴다는 것과
그래서 뒤틀릴 때가 있다는 것
한 지도에 들어 원한이 되고
기울어지는 나라들로 여행도 한다는 것

  뼈들이 이구동성으로 말하는 속담들
  강둑에 앉아 겨울에 익사한 속담들이 둥둥 떠내려가는 것을
본다
  한번쯤 원한을 샀던 입들이
  냉담으로 떠내려갔다

뼈를 입 안에 넣고 있으면
획수劃數의 갈필 맛이 난다

죽은 사람의 몸에서
실눈만 살아 있는 것을 보았을 때
한 가지 상형으로 서로 건너다보고 있다는 것
그래서 원한이라는 것

흙탕물을 손질하고 나면
가지런하던 잠수교의 징검돌이 헝클어져 있다
폭우에 묘지를 쓰고
기다려 보는 것이다

마당이라는, 개의 이름

마당은 녹슨 철조망에 갇혀 있고
철조망은 냄새도 없이 썩는다

마당은 가장 낮은 곳의 넓이이고
천적의 식성으로 정원은 아름다웠다

허송세월이라면 마당만 한 곳이 없겠으나 개의 등에는 이제야
꽃이 피었다 작약 꽃과 엉겅퀴, 개나리는 형량이 정해진 꽃 개는
여러 명의 주인이 있겠지만 끈, 끈은 봄엔 초록으로 철조망을 넘
다가 가을엔 누렇게 마른다

막론하고 개는 줄기식물과에 가깝다

저녁을 먹고 난 개의 배같이 둥그런 마당, 대문 하나가 오래 열
리지 않았을 뿐인데 천적들과 훼방들이 무성하다 개가 몸을 털어
댈 때마다 개나리와 살구꽃이 떨어졌다

겨울, 누렇게 털이 말라 죽은 개를 본 적 있다 밥을 먹지 못한

개는 틈으로 번져 나간다 세상의 풀씨들이란 개의 털에서 쏟아졌을 것이다

　이 집에 살았던 사람들과 마당은 천적 사이였을까 여럿이 죽고 태어나는 동안 이름들은 제각각 나이가 달랐다 사람의 발자국은 잡초들의 천적, 마당은 사람의 말투를 잊으려 우거졌다 살이 부러진 소나기가 어정쩡하게 버려졌으며 투명을 비워 낸 술병들은 파랗게 물들었다

　오랫동안 짖지 않은 대문은 귀가 퇴화되었다
　왜 마당들은 이름이 없을까

　가끔 관리인이 오면 마루 밑 신발 속에서
　열쇠가 생긴다
　그때 마당은 우거진 털로 사람 주위를 반갑게 뛰어오른다

이발소 그림

저처럼 공손한 묵례라니
두 눈을 감고 고개를 숙인 세발洗髮의 자세는
어떤 치명에 목을 내놓는 따위의
강단은 아니다

머리란 쳐들고 필두筆頭하는 성질이어서
미필적 고의로 늙어 가는 죄 앞에 순순할 수가 없다

다만, 기고만장의 두상도 호통의 노기도 힙합의 리듬도 예외
없이 저곳에서는 공손하다 일종의 세례식 같은 장면이지만 날리
던 산발에 온순한 물이 드는 때에 눈 감고 징징 우는 집 한 채이
거나 무력한 월세의 벽을 생각하는 중일지도 모른다

칼 앞에서 깨끗해질 수 있는 시간이 어디 흔한가

내일, 내일을 지긋해하면서도 내일을 위해 깎고 다듬는 사람
들 일생의 표절로 필생의 장식 하나 마련한 대량 복제의 늙수그
레한 얼굴들, 목 위에다 털의 대부분을 기르는 것으로 보아 목

위란 여전한 미개이고 그 미개에 끌려가는 표정이 얼굴이라면 면
도 중인 저 삭도削끼는 무뎌지는 시간의 제곱이다

천 년이나 묵은 노을도 때가 끼지 않는데
문전성시 끝난 허름엔 손길의 더께가 두껍다

양파의 참을성

양파는 참을성이 많은 식물
무늬를 숨기고 겹겹 속으로 들어간
바짝 웅크린 식물
동그랗다고 다 구르는 것은 아니지
한곳에 있으면 뿌리가 생기고
코를 톡 쏘는 제자리들이 깃들어 여물지

늦가을, 양력에 양파를 파종하고
음력에 엄마 장례를 치렀다

살아생전 엄마는 양파를 두고 자꾸 음력이라고 침침하게 우기
고 나는 찔끔찔끔 양력을 대꾸했었다 음력은 느리고 양력은 빨
랐다

그사이 매운 삭망 주기가 있다

양파는 한겨울 추위들을 차라리 그 여린 실뿌리에 거둬들여
놓고 겨울엔 겨울 편이 되고 여름엔 또 여름 편이 된다 오히려 그

게 속이 편하다고 하지만 그 편하다는 속은 또 얼마나 매운가

양파는 눈물이 많은 식물
슬픈 이야기를 많이 알고 있는 눈이 빨간 구술 전문가
슬픔도 없으면서 뻔뻔한 눈물을 갖고 있는 식물
굳이 봄이 아니어도 제철이 아니어도
저의 참을성이 다하면 파란 싹을 밀어 올리는
양파의 파릇한 참을성

죽어라 조상을 모시다 결국 조상이 된 엄마에겐
겹겹의 고유명절들이 많았다

달에는 펄럭이는 씨앗이 있다

어디서 들은 이야기에는
옛날 아폴론가 하는 우주선을 타고
루이인지 닐인지 지금도 헛갈리는
암스트롱이 꽂아 놓고 왔다는
그 달의 씨앗

처음에는 신맛을 빨아 먹다가 달달해지면 입을 꼭 닫고 딱딱
해지는 그런 씨앗들 말고, 무중력을 겅중겅중 뛰는 발자국 몇 개
가 벌레가 파먹은 분화구와 함께 오른쪽인지 왼쪽인지 이름도
방향도 없는 바람에 펄럭이고 있다는

그 깃발,

사실 지구에서부터 바람을 가득 넣어 갖고 간 것이라는데
지금도 밤이 되면 찰박거리며
지구의 물가까지 물놀이하러 오는
그 쓸쓸한 씨앗

크레이터들마다 숲이 우거지고 무수한 실금을 키우는 지구의
거울인 달 몸무게의 6분의 1만 챙겨도 갈 수 있는 달 이곳의 당신
들, 당신들의 그 묵직한 무게들을 모두 그곳으로 옮긴다면 당신
들은 또 얼마나 가벼운 당신들이 되는가

언젠가 달의 표면에 풀이 돋고 흐릿한 만월 빛이 살랑살랑 불
때까지 발아를 꿈꿀 그 씨앗

아무 소리도 안 들리니까 달의 언어는 수화가 되겠고
기차를 타면 그곳까지 79일이 걸린다고 한다

트렁크

왜, 버려진 트렁크를 보면
닫아건 문 같을까
웅크린 저의 잠을 닫아건 개의 꼬리 같을까
똑똑 두드려도 기척 없는 방 같을까
왜, 빈 종이 한 장 같을까
부르는 대로 받아 적으라는 말 같을까
저만치 앉아 있는
재빠른 고양이 같을까
죽은 외삼촌 같을까
버려졌음으로 누구의 것도 아닌데 왜,
그 트렁크 안엔 주인이 있어
몇날 며칠 곤한 잠을 자고 있는 것만 같을까
신문의 사회면 같을까
열두 량짜리 기차가 한 삼 일은
칙칙폭폭 달릴 것 같은 지퍼는 길고
차곡차곡 눌러 넣었던 일들은 여전할까
갑자기 비가 내린다 해도
거둬들일 바깥이 없는 그런,

고장 난 질문이나 대답 같을까
낡고 낡은 여행 같을까
비스듬히 끌려다니던 생전의 외삼촌이
이제 그만하면 됐다고,
이쯤에서 피우자던 모닥불 같을까
왜 밖을 향해 쓰러지듯 안기던 안쪽들 같을까
닫힌 지퍼를 열어 보고 싶지만
두리번거릴 용기가 없어
그냥 지나치기만 하는 저기 저
닫힌 며칠

공평한 확률

가위 바위 보
양손을 뒤틀어 맞잡고
그걸 내 쪽으로 꺼내듯 또 한 번 뒤틀고
들여다본 거기

무엇이 있었지?

가위와 바위와 보자기가
진영을 이루고 담판을 지시했지
한 번도 보자기를 잘라 보지 못한 가위와
한 번도 가위를 부수지 못한 바위가
평화적으로 대치하고 있었지

두 번 비틀어 들여다본 그곳
아주 먼 은하에서 막 도착한 네모난 별과
쓰다 버린 삼각자들의 영혼 같은 별
그리고 내 눈과 딱 마주친 동그란 빛은
팽창하고 있는 우주의 선두를 비추는

그 별빛이었는지도 모르지
이 지구의 규칙들이란 손을 비집고 들어오는
빛의 지시사항들, 꺼질까 싶어 누구도 선뜻
펼치지 못하는 손에 쥐어져 있는
화인 같으니까

어떤 확률은 서로 섞여 있지 가령, 세모 속에 구겨 넣어진 네모
같이 또는 세모 안에 들어간 동그라미가 피식피식 바람이 샐 때
가 있지

그러니, 내 손이 두 번 비틀어 짜낸 그 빛에
확률을 걸 수 있는 그런 싸움이라면
다툼이라면, 얻는 것만큼 잃어도 좋겠지
적어도 가위와 망치와 보자기가 내 손 안엔 들어 있으니까
즐거운 돌려막기를 할 수 있는
공평한 확률들이니까

숨통

저의 숨통을 등에 지고
물속으로 들어가는 잠수부들
압축된 숨을 천천히 풀어내며 쉰다
지구는 움푹한 곳만 생기면
그곳에 무중력을 고이게 한다
나무들도 겨울엔 파르르 떠는 게이지들을 잠그고
무중력으로 가수면에 든다
물속에서 물 밖의 숨을 쉬는 포유류들은
오래전 먹이사슬에서 밀려 다시
물속으로 들어간 것들이라는데
어느 무중력이든 그곳을 향해 지고 갈
한 짐 숨을 생각하면
죽음의 어느 곳도 다녀올 수 있을 것 같은데
들쳐 맨 숨통을 지고
샅샅이 물 밑을 뒤진 끝에
빈 숨통 하나를 수습해 물 밖으로 옮긴다
언뜻 보기에도 아직은 숨통이
바닥날 나이가 아닌 것 같은데

압축률은 이미 영점에 다다라 있다
그러니 자신이 매고 있는 숨통을
스스로 확인할 수 있는 사람이 몇이나 될까
텅 비어서 가라앉거나
다시 둥둥 떠오를 수 있는
너무 깊고 아슬아슬한 중력을 돌아다니다
막 물속에서 나온 잠수부가
물 밖, 지구 한 통을 틀어
최초의 포유류인 양
숨 쉬고 있다

전생을 모함하는 모임에 갔었다

폐어廢語로 적힌 날짜를 들고
전생의 얼굴로 모여들었다

일몰 중독자들과 기시감 수집가들이 악수를 나누고
흐린 가로등 밑과 원형의 고백 무대들이 서로 외면했다
절취선 중독자들은 점잖다

각자의 허밍으로 모임가를 부르고 나면 착석

당신은 어떤 의고체擬古體 출신입니까
절취선 밑으로 노랫말이 새어 나가는 전생보다
찬란한 오해가 있습니까, 입속말 교환의 시간이 끝나면
각자 편집증 소개가 이어졌다

필체의 저자들은
자신들의 유서를 찾아다닌다
한 이름으로
한 권의 저자가 되려 했다면 불손하다

신경외과를 열고 들어온 여자와
점술가의 혀를 빌려 온 여자는 서로의 머리칼을 탐낸다
욕설을 탐내고, 증오는 서로 얼굴도 알아보지 못하고
목구멍을 발끝처럼 세우고 전생의 입으로
격렬한 입속말 싸움
각막에 세운 집과 뜰, 굴뚝에선 연기 대신
고막염이 흘러나온다

모함은 입속이 넘어지는 맛이지만
자신이 죽은 날짜의 음식 맛이기도 하다
참석하지 않은 사람을 참석시키고
과월호 속의 소문들을 낭독하고 의자들은 줄맞춰 경청한다
그럴 때마다 의자 하나씩 비어 있고
의자들은 돌아가면서 잠시 빈 제자리를 모함했다

모임에 난립한 입들은 출출하고
귀들은 배가 부르다

새들의 취향

재단사들이 박음질을 하는 쪽으로 새들이 날아간다
내가 아는 몇 사람이 비스듬하게 끌려갔거나 날려 갔다

덤불을 뜯고 새가 날아갔다

새들의 취향이 새로운 단지를 지었다
뼈를 먹은 새들은 먼 선구안에다
결구의 집을 짓는다

오후의 시반을 갖고 있었다
누가 갖다 놓지도 않았는데
엑스레이 사진 한 장이 풀숲에 놓여 있다
추락한 여름을 견디면
몸속에 있던 골격의 집을 얻을 수 있다

눈에 뿔테를 끼고 있었다
가금류의 한 종류같이 쇠창살이 섞여 있었다
구겨진 비닐 같군, 접힌 뼈를 조심스럽게 펴는 감식원이 중얼거

렸다
　깃털은 두 번 날 수 있다
　한 무더기 풀숲과 땅거미를 부풀려
　깃털 케이스를 만들었을 것이다

　악수하지 않은 검은 손들이 흩어져 있다
　등 떠밀린 새들이 덤불처럼 날아간다
　부력이 난무했고
　손안의 혐의가 축축해지는 저녁이었다

여섯 개의 손가락 별명

마을에 처녀가 왔습니다
원래 마을은 단언斷言들의 집성集成이라 가혹합니다
애벌레를 얼굴에 풀어놓고
기르는 종종 간지러우면 웃습니다
꽉 쥔 손안에서 꼬물거리던 주름들이
종래에는 얼굴로 번져 죽습니다
처녀는 생전 처음 보는 손과 손가락을 가지고 있었습니다
낮익은 얼굴의 처녀였으나
유독 손만은 낮설고 어색하고 경이로웠습니다
손의 별명을 가진 사람들은
수를 도합하는 가업이 있었을까요
겨울엔 수천 장의 입김을 묶고
손가락 시린 대필을 하는 직업이었을까요
여분의 손가락엔 구부릴 수 없는 마디가 있어
성호를 그을 때마다 엄지 근처에서
흰 솜이 튀어나왔습니다

손가락은 모태 문자였지만

태어나는 순간 두려움을 움켜쥡니다
손가락의 집성촌에서 두 개의 못생긴 손가락이 사라졌고
모태신앙의 얼굴들엔 성호를 그은 자국이 평화롭습니다
낯선 얼굴은 없는데 마을엔
낯선 손 하나가 돌아다니고 있었고
남자들은 주먹 흉터에서
손꼽는 날의 혼수를 매듭짓고 있었습니다

처녀의 지나간 별명에는 여섯 개의 손가락이 있었습니다
숲에서 발견된 누구는
애벌레만 모아서 장례를 치렀습니다

누군가 나무에 돌을 던졌다

나무를 베고 나서 만나는 이 아름다운 동심원은 톱날이 뱉어 놓은 것이 아니라 누군가 나무에 돌을 던졌던 흔적이다

달을 삼키는 꿈을 꾼 친구의 몸에서 조수간만의 해안선이 튀어나왔다 마술사를 하던 친구였는데 어느 날부터 모자와 비둘기와 미녀가 튀어나왔다 모자와 비둘기와 미녀는 공연 때마다 불러내다 남은 것이라고 말했다 스승에게 줄곧 얻어맞으면서 배운 마술의 트릭엔 비좁은 틈부터 아직 선포되지 않은 국가와 지구 최대의 만물상점이 들어 있다고 했다

숙련이 이처럼 아름다워서 뒤늦은 오해가 즐거운데 백 년이 훌쩍 넘은 나무의 숙련 속에는 흘수선이 찰박찰박 건조되고 있다

망치를 삼킨 친구와
시속을 삼킨 친구가
브레이크를 밟고 스키드마크를 그리며
꽝꽝 못을 박고 있다

나무가 흔들리는 것, 그건 바람이 아니라 퐁당퐁당 누군가 돌을 던지고 있다는 뜻이다 그래서 나무들마다 동심원이 들어 있는 것이다

궤짝

음산한 관상의 아버지와 예닐곱 살이나 되었을까 빼꼼 열린 문틈 같은 얼굴의 딸이 궤짝 하나를 앞에 놓고 앉아 있다 신발은 염치가 없고 바짓단엔 진창이 살짝 묻어 있다

궤짝, 이 천대받는 말이라니

알고 보면 말투들은 다 가로와 세로로 엮인다 궤짝은 가로와 세로의 못들을 물고도 못 미더워 사심 없는 자물통을 달고 있다 자물통 속에서는 일식이나 혹은 월식이 일어나고 반닫이 문이 열렸다 한밤의 산등성이와 절그럭거리는 노을 몇 자루와 쏙싹쏙싹 냇물 소리가 꺼내졌다 저 소리를 본本으로 딸은 싹싹하게 예닐곱을 버릴 것이다

저녁의 어스름과 새벽의 희끄무레는 삯이 같았다

예닐곱은 천진한 칼날과 놀고 편부슬하는 공일이다 봄은 아직 서툴러서 예닐곱 머리카락이나 흩트려 놓고 있다 숫돌은 막 왼손잡이 하현달로 접어들었다

배꽃이 흩날리고 한밤이 환하게 갈렸다
나도 궤짝 속에서 날을 세운 날이 많았다

편집증

저의 비행 기록을
속속들이
낱낱이 뒤지는 새
항법서 한 권을 차례차례 넘기는 새
어느 위도 하나쯤
쏙 뽑아 버릴 수 있는
능란한 한철
어디선가 깃털 하나가 날아왔다면
그곳에서 새 한 마리가
와장창, 깨졌다는 뜻이다

세상의 제멋대로들이 바람이 되는지
고작 버드나무의 갈래를 뒤지고
또 뒤지는 바람
아무리 뒤져도
뽑아낼 능수가 없는 여름 한낮이
파랗게 부푼다

경정비
깃털을 수리하는 새가 앉은
나뭇가지들은 다 격납고가 된다

수리를 모르는 꽃들을
비웃듯,
훈계하듯
색조견표를 넘기는 새

어이,

어이, 당신 비틀거리고 있군
어릴 때 호기심으로 신어 보았던 아버지 구두를 신고 있군
수염의 나이를 지나면서도
발이 넘치는 구두를 아직 만나지 못했군

웅크린 구석으로 늙어 가는군

희끗한 머리카락 속에
회오리를 갖고 있군
헛돌고 있군

찾아보면 날아가려는 곳은 반드시 몸 어딘가에 있지

나도 모르게 비틀거린 낭비가 많아
딱 따고 비우고 싶은 이름 하나 있지
인사불성의 취한 끝에
집 하나 두고 있지
술 취한 짐승 하나를 기다리는 밤늦은 가족들이 있지

어이, 리듬을 갖고 있군

미끄러운 발밑을 가지고 있군

세상의 말도 못하고 세상의 말도 알아듣지 못하는 경지에 이

르렀군

아버지 구두를 여전히 못 벗고 있군

기억나는 구두의 장식이 많군

어이, 묘지로 가려는 택시는 없어 그러니까

조금 더 휘청거리라구

저 웅크린 구석들이 모두 일어설 때까지

질문의 동네

이 동네에 살면서
질문을 먼저 배웠는지
대답을 먼저 연습했는지 기억나지 않는다
예를 들자면 대답이란 꽃피는 방식이고
질문이란 임박한 즈음 같은 것이라
꽃의 앞뒤는 햇볕만이 알고 있을 것이다
동네에는 쪼그려 앉는 사람이 있고
그는 아이들의 질문을 모아다
곤충채집 판에 실핀으로 꽂아 놓길 즐긴다
또 동네에는 불구의 옷장을 수리하는 사람이 있는데
추렴으로 모은 뼈로
사람 하나를 만들어 놓고
대답을 내놓아라, 다그친다
한밤엔 소용없는 것들 중 하나가
바로 꽃,
질문은 두서없고
대답은 더듬더듬 칠흑의 사설을 읽는다
질문놀이를 하겠다고 해 놓고

종용하는 놀이를 겸한다
이를테면 확인하는 가구 수들과
의문에 묶어 둔 개들의 수가 같거나 한 일들
모르는 것을 틀리는 일들이란
법칙이 만들어진 이후의 일들일 테니
꽃을 질문하고 돌팔매 맞는 일쯤 허다하다
장님이 던진 돌이
눈뜬 우연에 가서 맞는 일 같은

사람이 너무 가벼워져서

바르르 떨고 있었다
사람이 너무 가벼워져서
자신도 자신을 믿지 못하고 있었다
연기처럼 스멀스멀 말이 흩날리고 있었고
바짝 갖다 댄 귀들은
매캐한 연기를 듣고 있었다

봄바람이 들어간 듯 벚꽃 가지 하나가 들어간 듯 나비 날개 한
벌 들어간 듯 바르르 떨면서 자꾸 어디론가 날아가고 있었다.

빠져나가려는 힘이
온몸에게 통사정하고 있었다

언덕일 거라고 말해 주었다 늙은 원한의 얼굴엔 두 가닥 수염
이 치렁치렁했다 늙어서 했던 행동들은 평생을 두고 미루고 또
미루었던 행동이었을 거라고, 마지막 쇠약은 무거우니 그냥 두
고 가라고 말해 주었다

누군가 흐느꼈고
화들짝 놀란 사람이 마지막 숨을 꿀꺽 삼키고
통틀어 무거운 사람이 되었다

흉곽들이 도망치듯
어깨들이 떨리고 있었다

손의 부축

연로年老의 손에
모나미 볼펜이 쥐어졌다
왼손이 오른손을 부축해
글씨를 써 나갔다
볼펜을 쥔 손은
무수한 요철을 쓰는 듯 떨렸다
한때 철판으로 새를 접어 날려 보내던 손
이젠 한없이 가벼워져
구부러진 낱말들을 힘겹게 펴는데
쇳덩어리에도 봄이 오고
연초록 새싹 하나가 그 쇳덩이를 뚫고 돋아 나와
처음으로 풍속을 기록하듯
저서를 돌보는
새로 익힌 필체

격렬이 빠져나간
반듯해진 손에서 연로는 스스로
숙련을 거둬들였을 것이다

진득한 참을성이 오래되면
저렇게 뛰는 손이 될 수 있을까
뛰는 손을 달래 적어 놓은
짧은 척독尺牘
시든 문장이지만
조금의 물기만 닿으면
다시 뛰고야 말 것 같은

근황

머리맡을 정하지 못해
잠이 옮겨 다닌다
내가 옮겨 다닌 집들은 향向을 사상쯤으로 알고 있었다
동쪽 울타리 밑으로 은일자隱逸者*가 따라다녔고
향념向念에선 파초라든가 비파 같은 갱지更紙들이 피고 졌다
그것들을 따다 한낮엔 밝은 종이로 쓰고
밤엔 검은 종이쯤으로 치부했다
한 채의 집이 얼마나 많은 주변과 소쇄掃灑를 몰고 다니는지에
대해
외간의 책들로는 배우지 못했다
수상受賞의 제목들이 빼곡히 꽂혀 있는 숲을
놀란 초식들이 달려갔다
그런 날은 뿔이 두근두근 뛰었다
십 리 밖에 취하는 신발을 벗어 두고
그 옛날 아버지의 취한 옷소매를 그리워했다
한번 아들로 태어난 사실은 바뀌지 않고
어쩌다 아버지가 된 사실도
저잣거리를 지나면서 알게 되는 것이다

위로를 추렴하는 모임에 참석하고
시인으로 철없는 결구를 짓고
사람으로 뻔뻔한 치욕을 편들었다
이만하면 죽기 딱 좋은 과오라는 생각이 든다
흰 꽃이 익으면 함께 부슬부슬 봄날의 궂은 날씨로 반죽한 국
수를 먹으러 가자고 했고
어쩌다 맨정신의 친구에게 술 취한 당호를 부탁하고
허언처럼 들고나는 문을 세웠다
무료의 손끝을 모아
정원을 꾸미는 날들이 쏠쏠하다
마른 고추를 거둬들이는데 소나기가 묻어 있다
그럭저럭 머리말을 너무 많이 읽는다

* 도연명(陶淵明)

6월의 담장

해 뜨는 곳의 세속 법엔 맺음말로 지칭한 월별이 있다

이단을 내 정원에 받아들인 적 없는데 초승달 아래 둥근 지붕, 빛나지 않는 황금은 정오를 지나간다

조아리는 곳으로 도주하는 확성기 소리 검은 실 뭉치에서 흰 실을 골라내는 코란 페이지 속엔 금식 중인 책갈피 줄이 닳혀 있다

장미들은 때때로 집단이다

정원의 추앙을 받는 방향들엔 가지런한 발끝이 보인다 집단을 위해 담장이 있다면 율법은 장미낙화를 맞히는 예언 담장 너머를 복종하는 꽃송이들이 비잔틴 문양으로 담장에 머문다

그늘엔 가시가 없지만 교조주의와 불가지론이 무성하다

3부

요동치는 정각에 만나요

흔들린 손

흔들린 사진들에는
흔들린 손의 한때들이 있다

가벼워서 즐거웠던 손

그건, 자주 손에 든 시절을
흔들다 놓쳤다는 뜻이다

요동치는 정각에 만나요 *

춤을 추고 난 후의 너, 다 흘러내렸구나
너의 몸에는 휴지休止가 없구나
옷들이 모여드는 정각의 시간, 옷들의 유행을 우리는 너무 쉽
게 써 버렸다
　정각을 향해 두근거렸던 마음들이 몇 년을 앞서서 걷고 있다
　좌석의 번호들은 앉지 말라는 표식일까
　구근의 봄, 서 있는 나무로 만들 수 있는 것은 관과 책뿐
　일요일이 살짝 접혀 있는 귀퉁이
　공기의 내장은 투명하고 가볍다

　종이는 청중,
　심장의 정각으로 모여들고 있는 시간의 모집
　단 한 개의 정각으로 살아온 것들의 집전이 요동치는 전례를
진행할 수 있을까
　춤은 어디로 모여들고 어디로 다다르는 여정일까
　요동치는 것들로 시간의 판본을 삼으려 했던 우문이 얻은 답
은 정각
　왜 몸짓은 악보가 없는 것일까

요동치는 것들의 내복약
알약의 이름으로 병의 이름을 지을 수 있을까
가끔 머리카락의 수와 심장의 요동을 동수로 세어 보는 취미

편서풍으로 알아내는 날짜들의 방향을 본다
넘어졌던 담장의 흔적들이 바람의 이름이 되고 요동치는 정각
에 모인 것들로
가족을 삼는다
정각에 죽는 이름들
그자만큼 많은 먼지를 갖고 있는 것들도 없다
춤에는 헐떡거리는 악보가 있다

* 김인배 작가의 전시 제목, 요동치는 정각에 만나요

빨간 실

나는 총칭總稱이 없는 사람입니다
실의 극劇입니다
정평을 추구한 적도 없어서 경사진 어깨입니다
모든 사실은 실失이라는 것을
매듭진 실이 쏟아 놓는
어눌한 말투를 보고 알았습니다
우리는 연결된 외부가 없음에도 자력갱생 중입니다
엉켜 있는 실 뭉치가 들어갈까 싶어
몸속과 몸 밖은 실의 색깔을 달리합니다
성탄절 트리처럼 반짝 켜질 때가 있습니다만
반드시 그러한 축일逐日들 중 하나입니다
떨어지는 유성을 따라 길게
지구의 공중까지 따라오던 빨간 실
실에 양끝이 있다는 것은
양쪽에서 잡아당겨 풀거나 감을 수 있다는 말일 것입니다
그래서 별들의 총칭은 밤입니다
꼬마전구들이 반짝거리다가
가끔은 팍, 하고 불이 나가기도 하는

눈 속을 들여다보면 빨간 실이 얽혀 있습니다
정극과 악극을 순회공연 중이라는 뜻입니다
관객은 동전을 던지는 사람이면서
동시에 등장인물입니다
오래된 주화들은 은빛의 실마리가 풀려
하락세의 가치로 반들반들해집니다
마리오네트들입니다
실은 질문의 끝이자 대답들의 끝입니다
뚝, 끊어지면 알았다는 대답이고
쓰라린 올이 풀린다면
일생의 남은 잠이나 자겠다는 뜻입니다

책의 뼈

책이 인간보다 더 집약적인 이유는
중얼거리는 뼈가 많다는 것이다

아침엔 저절로 실금이 가서 생긴 틈 몇 올이 읽고 있던 책의 페이지에 떨어졌다 그래서일까 잠언을 신봉하는 사람들은 스스로 머리카락을 깎는다 책은 뼈가 앞뒤로 있어 낱장으로 찢을 수도 있다 언젠가 본 지도책에는 우리 집만 썩어 애벌레처럼 꿈틀대고 있었다 부끄러운 경우를 만들고 싶을 땐 틀린 문법을 방치하면 되고 단 한 번의 접었던 일로 평생의 표식을 만들 수 있다 그때 뼈는 굽어지고 굳어진다

나는 책이 파륵파륵 한 방향으로 뼈를 넘기는 소리와 누군가 서명한 흔적을 찢어 낸 흔적이 날카로운 이빨로 으르렁대는 것을 듣고 본다 이를테면 친애하는, 으로 시작되는 위선과 감언에 속아 재미없이 읽다 만 뼈 세상의 아궁이보다도 더 많은 뼈 불과 연기가 들어 있는 같은 공통점이 있다

혹독한 겨울이란 모두

진열陳께과 전열戰께에 저릿저릿 있다

일생의 체위에 고착된 고정이라는 뼈
필자가 죽어 드문드문 금간 뼈들이 보인다
그중 책이 가장 아름다운 것은
책은 낱장으로 사라질 수 있기 때문이다

칼집

전전긍긍하는
틈,

저 좁은 날도 집이 있다
고독하다는 것
자신의 몸에서 나는 피 냄새를 주식으로 견디는 것이다

우리는 무뎌진 칼날로 뼈를 삼고 있나
그 칼날로 혈연을 베고 단호한 이름이 되려는 것처럼
칼 한 자루씩 들어 있는,
사월의 목련 나무들은 칼춤을 춘다

예리한 날도 가끔은
딱 맞는 집에 들어 보호받을 때가 있는 것이다
초록을 베지 못한 칼은
훗날 휘청거리고
좁은 날을 따라 간혹 꽃이 핀다고 한다

허공의 원한을 한바탕 섞은 후
칼이 귀가한다
파릇한 물기슭이 제집을 찾아 들어가듯
노을이 저녁 속으로
편안해지듯

몸은 온갖 원한의 집인가
쓸쓸하게 쓰린 내상을 다스리며
칼집과 목련 나무들의 동병상련이
절그럭, 절그럭거린다

아랫입술을 깨물면

아랫입술을 깨물면
얼굴은 아파서 우는 것일까?

아랫입술을 깨물면
사월에 불었던 열 자루의 휘파람 소리에서 피가 나고 구열口熱엔
미풍을 엿듣던 모세혈관이 쓸쓸해진다

나무들이 긴 팔을 뻗어
꽃을 쥐고 있는 사월

목련의 구륜근口輪筋들엔 저희들만 아는 3차신경의 말들이 중
얼중얼 부푼다 수탉이 울고 지붕들마다 색깔들이 건너다니고 서
로의 입을 열고 욕설을 꺼내던 목련들이 마당을 쉰다

철렁, 하고 내려앉았던 맛들이
마당처럼 넓다

정문수집가의, 열 번 뛰어들고 한 번 뛰쳐나가 만난 집회와 시

위에 관한 법률 조항들과 대항 법엔 윗입술을 만나면 모든 말들
은 죄가 된다고 적혀 있었다

아랫입술을 핥는 짐승은
아직 보지 못했으니까

이 사소한 보호관찰 기간 내내 입술에 묻어 있는 악기들의 맛
불룩하게 모아 뱉던 목련의 발성에 검지를 대놓고 숨어서 피던
담배마다 하얀 목련이 붙어 있다

길에서 주운 아랫입술 한 짝을
길 밖으로 던졌다

나무 위로 올라가 꽃피는 것들은 지상의 먹이사슬에서 진 것
들, 아랫입술을 깨물고 나는 늘 진다

감량

나를 덜어 내는 일입니다
상대들을 위하여
그 두려운 상대들을 위해
내 살을 덜어 내는 일입니다
차라리 넘어지는 일이라면 좋겠습니다
확 엎질러지는 일이라면 좋겠습니다
그래서 이 적폐적인 우위를 쏟아 낼 수만 있다면
동급 최강이 될 수 있습니다
체급이란 누구이며 어떤 존재입니까
아슬아슬하게 자신을, 자리를 지키는 일입니까
땀을 흘리는 고단한 체급
한 방울의 숨까지 따라 내고
저울 속에 헛헛한 공복을 구겨 넣습니다
몇 그램의 소수점을 내보이며
딱 맞는 체급을 비로소 저울 안으로 마감시킵니다
새라면 좋겠습니다
지친 깃털 가닥을 부리로 솎아 내듯
두려움 앞에서 꼬리를 뚝 떼어 내듯

그렇게 내 몸을 줄였으면 좋겠습니다
판이라는 곳은 나름 정직합니다
체급을 벗어난 주먹을 섞지 않으니까요
잔량은 그악합니다
깡마른 악다구니 같습니다
참 이상합니다
도대체 어디에서 이 헉헉대는 뜀박질이 나오고
단식이 나온단 말입니까
여분도 없이 텅 빈 무게
덜어 낸 무게 앞에서 안도합니다
허청대는 공복 속으로 질긴 연습을 넣습니다
헝클어졌던 머리카락들이 엄숙한 계체량으로 빗겨지는 시간
처음부터 우리에겐 체급이 있었고
체급은 늘 배고픈 일입니다

미문

숨을 들이마시면 뼈가 부푼다

부푼 뼈로 흉사의 상두꾼을 했고 상민常民이 되었다 의례성원
들과 내장 없는 돼지들이 장례식장 간이식탁 위를 뛰어다닌다 내
장들이란 윤회의 선택품목이다 말라 버린 곤충의 자세로 서 있
는 나무 밑에서 돼지들은 지층을 갖고 있는 미문이다

술잔마다 차양 맛이 났다

폐정 근처를 지나가는 신발들, 몇 페이지를 읽다가 버린 책 같
은 장례식은 언젠간 접은 페이지만 발견되겠지만 문맹의 손끝에
서 불이 피어오르겠지 비파육琵琶肉은 몇십 년 전에 죽은 이의 경
황없는 입맛

시차마다 새를 먹여 놓고
이야기 없는 마을이 쉬쉬거리며 귀를 막는다

차오른 배엔 성별 없는 등성이를 넘어가는 어제 같기도 하고

오늘 같기도 한 직설의 울음이 태중을 바꾼다

뜨겁고 하얀 동그라미들만 구를 뿐인 마을엔
미명美名이 죽고 추하다

착석률

전염병이 돌고
수많은 의자들이 쉰다
늘 모자라던 의자의 착석률들이
한가하게 남아돈다

서로 앉으려 들던 사람의 위와 혹은, 그 사람들의 곁이나 밑들
이 등을 지거나 멀찍이 떨어져 있다 아마 지구 밖 인공위성이 찍어
보낸 지구의 사진들 속엔 거대한 휴일같이 쉬고 있는 의자들이
선명하게 찍혀 있을 것이다

마주 보는 규칙들과 응원들과 야유들이 없는 잔디밭과 어슬
렁거리며 각종 규칙을 짊어진 외로운 심판들이 있을 것이다

규칙들도 새로운 규칙으로의 이직 중이다

무섭게 치닫던 임계점들이 실선 밖으로 휴가를 떠나 있는 동안
내가 아는 몇몇 곳들, 보츠와나의 들판과 뉴욕의 하트섬 브라질
해변에 생긴 백 개의 십자가와 이탈리아의 조기

우리는 억지와 억제를 구분할 수 있을까

 한 켤레의 신발에 종교를 앉히려 했고 딱정벌레 두 마리로 똑
따기 단추를 만들어 양쪽을 닫을 수 있다고 믿었었을까 욕설의
비유에서조차 밀려난 존재들의 매개에도 쩔쩔매는, 극렬한 단종
斷種을 향했던 것은 아닐까

 저의 상처를 핥다 말고 물끄러미 쳐다보는 지구엔
사람보다 더 많은 빈 의자들로 넘쳐 난다

꿈에서 잠 밖으로

꿈에서 잠 밖으로 흘리는 이름은
송장의 이목구비를 하고 있다

봄밤은 스스로 흰 천을 뒤집어쓰고 능숙하게 죽었다

소요음영으로 내외하던 뒷짐과
저녁의 색깔에 총총 유쾌하던 별들
자처한 표정에게 겁을 먹이고
춤추는 배꽃들의 상박上拍을 닮으려 했었는데

달밤의 문상

함께 사주를 보러 가자고 속속들이 들키자고 공전하는 길흉
화복이나 관람하자고 생시를 준비해 뒀었는데

지선支線은 땅속에서 한 마리 지렁이로 꿈틀댄다

앞에 두고 예뻤던 여여如如들은

돌아섰을 땐 오싹하게 등골을 따라오는가
아무래도 봄엔 둥근 관을 써야 할까
주문한 낙화는 매년보다 빠르다는 예보를 듣는다

봄밤의 나무들은 온통 가임기이고
꼭지들을 우물거리며
문 닫는 배꽃들

네모를 그려 새를 가둔다

갇힌 새들은 밝은 곳을 문으로 삼는다 부리로 손잡이를 만들어 콕콕 바깥쪽으로 열리는 소리를 찾는다

창밖에서 들어온 소리가 창밖의 소리에 겁을 먹는다

서둘러 네모를 그려 새를 가둔다 너무 빨라 기울어진 한쪽을 지운다 침대는 잠들어 있고 머리맡은 깨어 있고 두 번이나 새가 날아들었던 봄이었다 푸드득거렸던 아침이었다

날개가 구석이다 새가 그려진 그림은 부리 쪽부터 낡아 간다 계단을 꾀어내어 문을 잠가 버리면 천장이 높아진다

일몰에 앉아 구석을 덮고 잠든 새의 여섯 시

나뭇가지 위가 아니면 착지를 기억 못하는 새, 평생 부스럭거릴 줄만 아는 새 안이 없고 바깥만 있는 날개의 생을 위해 네모의 한쪽 구석을 지우는 아침 각주脚註가 딸린 비참이 소란스럽다

새는 날아가고 문밖의 소문을 불러들인다

푸르스름한 옷을 입은 씨앗들이 떨어졌다

날개를 열고, 단 한 줄도 뒤척이지 못한 날이 있다 부리에 수작
手作이 묶여 있다

흉몽과 놀았다

꿈에 칼을 만나고 상처를 얻어 왔다
얼굴에 주름 하나가 새로 생겼다

공경이 문턱까지 따라왔다가는 이내 외면으로 신발을 벗고 손
님으로 든다
　잠을 불러 잠든 적 없다
　은사시 한 그루 면면綿綿을 익히다 보면 모든 주기들이 빛나는
파편이었다는 것을 안다
　홀수로 끝이 나는 세기가 있었으면 좋겠다

　혼자 멸종되듯
　부검의와 친교를 맺듯
　목만 남은 화석을 숭배하듯
　불안한 궁수자리에서의 날들

　짝수는 어느 곳에 베개를 두어야 할지 막막하고
　동쪽에 맡겨 두었던 머리맡을
　서쪽으로 옮겨야 하는 방위에 들어

머리를 감으면 두 가지 색이 빠져나와 둥둥 뜬다

흉몽과 반나절을 놀았다
낮모르는 야성이 간절할 때도 있다는 듯 빠진 이빨들이 어느
지붕 위에서 시큰거린다
영구치로 다 갈지 못한 추체험이 질기다

미몽에서 흉몽의 얼굴로 변하는 데에는 한숨 잠이면 충분하다
절교했던 쪽으로 머리를 쓸어 넘긴다
바람이 자라는 쪽이다

폐정일주 廢井日酒

남창동 간이슈퍼 앞마당
녹슨 통조림 칼로 폐정을 딴다
한시적으로 인간의 장르를 바꾸자고
시의 장르를 바꿀 거라고 주정을 했다
옛날에도 이 폐정 옆에서 술을 마셨었다
그때는 부끄러운 것들이
무서운 것들이었다
역사는 그악했을망정 무식하지 않았고
대통大統들은 어리석었을망정
적어도 교활하지 않았다
잔머리가 꼬불꼬불한 파마머리 슈퍼 주인은
담뱃값을 올리고 외상장부를 조작했다
어느 노름판에서 뜯은 개평을 들고
늙은이들이 밤늦은 시간까지 욕설을 하고
검은 눈알들을 희번덕거린다
고등어 통조림이 아닌 고등어 간스메를 달라 하고
지하의 썩은 폐정을 열고
검은 물 한 바가지씩을 들이키자고 한다

낭만적으로 이 골목에 숨어들었던 나는
썩은 폐정을 기억한다
이제 그 폐정 옆에서 옛날의 왕을 섬기는
옛날의 백성이 되려 한다
주정이란 얼마나 타인인가
그들과 같아질 수 있고 술이 깨면
한없이 부끄러움을 느낀다는 것
여름밤에 앉아 지나가는 왕의 행렬을 본다
취타吹打의 이탈이 가물가물하고
나는 성문 근처까지 가지 못하고
비린 통조림을 견디는 물고기들과
잘못 섬긴 왕들을 불러내고 싶은 밤
남창동 우물터에서 미완의 혁명을 기록했던
노트 한 권을 다시 펼친다

술독

얼굴에 술독을 묻어 두고
몇 년을 살았다
가장 먼저 취하는 부위에 표정을 박아 놓고 허튼소리를 느슨
한 뚜껑으로 밀봉해 놓고
비틀거리는 걸음으로 열두 걸음
딱 그쯤에 묻어 놓은
술독이 있다

머리카락 속에서 빼낸 손으로 얼굴을 문지를 때 혹은, 추워서
몸의 가장 먼 곳의 뼈들조차 덜덜거릴 때
술병의 윗부분부터 취하는 방법을 알아냈을 때
부모의 지도 없이 배운 것들은 다 헝클어진 위안이 되는 것을
알아챘을 때
가장 아름다운 치맛단이 지나가는 곳에 묻어 놓은
휩쓸린 얼굴이 있다

먼 곳의 친구는 새로 배운 외국어로 욕을 했다
양귀비꽃에다 술을 부어 놓으면 술독은 스스로 뚜껑을 열고

닿을 줄 알아서
　꽃의 향기는 수시로 술독을 비우고
　그때 따라 마신 술은 스스로 발효되며 취하는 얼굴이 된다
　도수는 온도여서 얼굴이 덥다

　가끔 묻어 두고 찾지 못하는 술독이 있다
　우리는 몇 마디 말에다 술을 부어 놓았었다
　보폭으로 묻어 놓은 취기가 시큼해졌을까
　표식으로 꽂아 두었던 더운 날씨는
　저 밑까지 침전
　아름다웠던 치마의 무늬들은 휘발성으로 날아가고 없다

　술은 자꾸 말을 휘젓는다
　휩쓸린 관계와 휩쓸릴 줄 아는 관계를 칭송했었다
　술이 깨는 방향으로 맹숭맹숭 돌 때가 더 어지럽다

꽉, 막힌 사람

이만큼 살아왔다,
꽉 막힌 사람 하나 뚫고
뚜껑 같은 사람 하나 열고
그 사람 쏟으며 왔다

꽉 막힌 사람은 뚫린 구멍 틀어막고
질질 흘리고 새면서도
여전히 꽉 막힌 사람
적어도 몇 번의 구멍이 더 생겼지만
그의 옆에는 뚫린 그를
꽉 막아 주는 사람 하나 있다

그 또한 꽉 막힌 사람에
꽉 막혀 있던 사람
뚫는 방법을 훤히 알면서도
모르는 척
안 뚫는 사람

숭숭 구멍 뚫린 사람
뚫린 채로 꽉 막혀 있던 사람
뚫린 사람을
꽉 막아 주던 사람

저 훤히 뚫린 보름 밤
누구는 구멍이라고 하고
또 누구는 마개 같다고 한다

채움과 비움, 그 역설의 시학

이병국(시인·문학평론가)

채움과 비움, 그 역설의 시학

"동이 튼다. 곧 날이 환해질 것이다."

　　　　　　　　　　　　　– 헤르타 뮐러, 『인간은 이 세상의 거대한 꿩이다』

1

일찍이 빈 몸을 지향하는 이가 있다. "숨어 있는 길들을 찾아"내고 "숨어 있는 풀을 뜯고 숨어 있는 물을 마"시며 "뿔"을 채운 다음, 그것을 비워 내고자 하는 "뿔각 사슴"처럼(「위험은, 기억을 키운다」, 『낡은 침대의 배후가 되어 가는 사내』). 그는 죽음을 배면에 둔 채, 그 두려움을 전유하여 언제나 낯설고 새로운 길을 찾아내고자 한다. 새로움에 대한 욕망이 뿔을 채우면 빠르게 그것을 비워 낸다. 그러곤 다시 위험을 감내하며 또 다른 길을 모색한다. 그 길에서 마주한 "벚꽃 나무와 그 꽃"을 보며 "몸과 마음도 사실 그 주소가 다르다"는 것을, "가끔 이 존재도 없이 설레는 마음이/나를 잠깐 환하게 하는 때"

가 있다는 것을 깨닫는다(「벚꽃 나무 주소」, 『백 리를 기다리는 말』). 겉으로 드러난 화려함은 고통을 배태하고 있으나, 그것을 바라보는 존재는 내면의 고통을 알 수 없으며 그저 그 외양에 미혹될 뿐이다. 미혹은 존재에게 찰나의 위안을 준다. 그 위안이 기만이라고 말할 수 없는 것은 곧 스러지는 저 꽃이 겨울을 채우고 봄에 와 그것을 비워 냄으로써 다른 생을 위한 토대가 될 수 있기 때문이다. 또한 뿔각 사슴의 뿔처럼 위험을 감내하며 생겨난 것이며 응축된 긴장을 걷어내고 빈 몸으로 새로운 길을 지향할 수 있는 계기가 되기 때문이다.

무언가를 채우는 일은 삶의 조건을 마련함으로써 생을 지속하도록 이끄는 가치이면서 세계가 요구하는 존재 방식을 수용함으로써 자신을 도구화하는 데 기여한다. 이러한 존재의 양태를 부정하기 위해, 자신의 삶에 채워진 것을 비우는 일은 생각보다 어렵다. 집 안에 들여놓은 무언가를 덜어 내는 일이 얼마나 어려운지 우리는 경험적으로 알고 있다. 그러나 그 비움의 지향은 채움으로써 구축한 수동적 정체성에서 벗어나 존재 자체의 의미를 재정립할 가능성을 만들어 낸다. 세계의 요구로부터 탈정체화된 주체의 가능성을 산출할 수 있게 되는 것이다.

박해람 시인의 세 번째 시집 『여름밤위원회』는 그러한 과정을 거쳐 이곳에 도착했다. 시인은 스스로를 채우고 비우는 과정을 통해 세계를 대하는 이의 두려움을 지워 내고 그로부터 새로운 주체의 가능성을 모색하려 한다. 시집을 여는 시 「봄밤」은 이 과정의 알레고리로 읽힌다.

> 오늘 밤은 정전이어서
> 봄밤이다
>
> 집배원은 배꽃들이 낭비한 봄밤의 고지서를 배밭 주인에게 배
> 달했다
>
> 불 끄는 배꽃
> 화르르 절전
>
> — 「봄밤」 전문

배꽃이 만개하였다가 졌다. 꽃이 지자 환한 빛이 사그라지고 밤이 찾아왔다. "정전"은 갑작스럽게 들이닥친 사건이지만, 이 갑작스러움은 과잉에 의해 불가피하게 차단된 상태에 기인한다. 그에 반해 "절전"은 과잉을 미리 중단시키는 행위이다. 과잉은 무엇으로부터 연유하는가. 그것은 "배꽃들이 낭비한 봄밤"으로부터 비롯된다. 저 화려한 봄밤의 배꽃은 현재에 충실한 자기 증명이다. 이를 과잉이라 할 수 있을까. 오히려 '충만'이라 읽을 수는 없을까. 물론 과잉이든 충만이든 배꽃의 화려함은 주어진 숙명에 순응하는 삶의 태도라고 할 수

있겠다. 여기에서 사유를 멈춘다면 우리는 존재 그 너머를 모색할 수 없다. 그저 "배꽃들이 낭비한 봄밤의 고지서"를 받은 "배밭 주인"처럼 가을의 수확을 향한 자동화된 기대에 머무를 수밖에 없을 것이다. 배꽃이 늘 화려하고 충만한 상태에 머물 수 없다는 것을 우리는 잘 알고 있다. 언젠가 배꽃은 서서히 지고 스스로를 비워 내어 열매를 맺을 것이다. 그러나 시인은 그러한 자동화된 방식이 가져오는 불화를 실존의 방식으로 전유한다. 이후를 위해 지금의 불을 끄고, 마치 타오르듯 "화르르 절전"을 감행해야만 새로운 삶을 수행할 수 있게 된다고 말이다. 이 인식의 전환을 통해 난데없는 "정전"과 의지적 "절전" 사이의 틈을 가능성의 조건으로 만듦으로써 어둠 속에서 능동적으로 자신을 불살라 새로운 빛을 밝히고자 한다. 박해람 시인이 지향하는 시적 주체의 존재 방식이 여기에 있다.

2

이러한 선언적인 진술은 시인의 시적 주체가 놓인 자리를 고려할 때, 감당해야 할 것들로 가득 차 있어 쉽게 발화될 수 없는지도 모른다.

어항 속 달팽이가
어항을 타고 올라온다
간다

온 입을 유리에 붙이고 아니, 온 내장을 붙이고 미끄러운 밥을 먹
고 있는 것처럼, 로프도 없이 고소공포증도 없이 북벽에 매달린 등
반가의 실패한 정상 정복처럼 절벽의 표면장력에 만근한 노동자처
럼 거미의 거미줄처럼 로프공의 로프처럼 점액질의 밧줄을 타고 달
팽이는 미끄럽고 아찔한 유리 표면을 먹으며 천천히 오거나 간다

달팽이들의 몸에는 몰아친,
몰아치고 있는 회오리 하나쯤 꼭 있다

피치 못해 북벽 밑에서 이름만 묻는 장례를 치른다는 부고를
받았다. 희박한 숨을 쉬다 갔노라, 는 첨부언이 있었다. 이쪽저쪽
과 아찔한 높이와 믿지 못할 바닥이 있었다고 했다

그는 자신이 떨어진 곳이 안쪽인지 바깥쪽인지 모를 것이다

돌아앉거나 돌려 세우지 않았더라도
북벽은 흐느끼는 사람의 등 같다

– 「북벽」 전문

어항 속에서 달팽이가 벽을 탄다. 갇힌 공간. 벗어나려 해도 "자신이 떨어진 곳이 안쪽인지 바깥쪽인지" 알지 못하는 존재는 다른 세계를 사유하는 것이 불가능하다. 거대한 "어항"은 단단한 경계로 달팽이를 가로막는다. "온 입을" "아니, 온 내장을 붙이고" "미끄럽고 아찔한 유리 표면"을 오르더라도 달팽이는 경계 너머로 나아갈 수 없다. 그런 이유로 달팽이는 표출되지 않는 "회오리 하나"를 자신의 몸으로 감당해야 한다. "희박한 숨"으로 겨우 버텨 낸 자리는 "아찔한 높이와 믿지 못할 바닥"으로 인해 "실패한 정상 정복처럼" 삶을 송두리째 붕괴시킬 위험에 노출되어 있다. 그러나 "아찔한 발밑 없이는/ 어떤 망루도 생기지 않"(「망루」)는다는 사실을 알아야 한다. 우리가 "흐느끼는 사람의 등 같"은 세계 앞에 서서 자신의 무기력함을 체감하더라도 존재의 불안과 마주하지 않는다면 불안 너머를 사유할 수 없는 것처럼. 그러니 어항을, 북벽을, 저 경계를 넘어서려는 것은 "어떤 치명에 목을 내놓는 따위의/ 강단이 아니다". 오히려 "내일을 지긋해하면서도 내일을 위해 깎고 다듬"어 "무뎌지는 시간의 제곱"(「이발소 그림」)을 감당하고자 하는 자신을 감행하는 일이다. 「창백한 푸른 점」을 경유하여 말하자면, 우리의 삶은 "64억 km" 떨어진 우주에서 바라보았을 때 그저 "창백한 푸른 점"으로 보이는 지구에서도 극히 작은 점에 지나지 않는다. 그러나 흥미롭게도 시인은 "적어도 내 점 하나에는/ 수천 명의 이름이 들어 있다"면서 그 이름들이 "얼굴을 나누며 오간다"고 말한다. 우주의 그저 하나의 점일 따름이지만, 이를 "겨우 고작"이라고 할 수 없는 이유는 그 점 안에 수많은 작은 우주가 있기 때문이다. 경계를 넘으려는 시도가 실패로 귀결되더라도 반복해서 수행해야 하는 이유가 여기에 있다. '나'가 '나'를, 혹은 '나의 흔적'이라는 우주를 객관화된 시선으로 바라보기 위해서는 64억 km의 거리를 횡단할 정도의 시간이 필요하다. 그 과정을 통과함으로써 '나'는 언제나 "나를 지나쳤다는 것을" 사후적으로 깨닫게 된다. 영속적인 시간 속에 존재하는 '나'는 고정될 수 없는, 유동적 존재이다. 비록 "헛바퀴를 돌고 있"더라도 '나'라는 점들을 이어 그 시간의 결을 매만짐으로써 "수천 명의 이름"으로 확장시킬 수 있게 된다. 이 확장성이야말로 박해람 시인의 시적 주체가 지향하는 바가 아닐까.

그런 점에서 시인의 자리는 틀을 강제하고 그 틀에 맞춰 재단된 세계 속에서 귀퉁이로 존재하는 이들을 보살피는 곳에 놓여야 한다. 그곳이 마치 따뜻한 곳인 양 우리를 기만하는 회유에 기대 "스스로 익힌 중심"(「감나무를 뒤집자」)을 놓지 않도록 곁을 지켜야 한다. 우리를 향한 회유는 귀퉁이로 내몰린 존재에게 세계의 중심에 설 수 있을 거라는 달콤한 말을 속삭인다. 그것은 "봄볕"처럼 얼어붙은 마음을 녹이는 "친절한 말투"로 가득하다. 그로 인해 일시적 위안을 얻을 수도 있다. 그건 지금 '나'가 가는 길이 옳다는 방증이며, 얼마쯤은 소외되지 않았다는 의미를 내포하고 있다. 그러나 세계에의 포섭은 "회유당할 밑천"(「회유」)이 남아 있을 때나 가능하다. 회유의 유혹은 익숙한 방식으로 종속된 마음을 불러일으켜 세계의 요구에 저항할 수 없도록 하는 은밀한 작용일 따름이라서 그 폭력을 인지할 수 없도록 한다. 시인은 그 억압과 착취의 구조를 폭로하고 "넘치면 죽기도 힘든 법이라고/ 더 비우고 살라고"(「감나무를 뒤집자」) 말해야 한다. 기만적 위안으로부터 삶의 진실을 드러내고 다른 가능성을 바라볼 수 있도록 스스로 귀퉁이가 되어야 한다.

칠흑 같은 어둠을 집어넣고 빚은 만두를 먹는 저녁은 캄캄하고 혀들은 덜그럭거리고 정전의 한때는 검은 국물처럼 뜨겁다

그릇에서 식지 말고 떠날 것 아니, 그러지 말고 검은 어둠으로 잠시 머물 것 양면의 집착은 없다 반을 여밀 때 그것들은 집착이 아니라 접착이 된다

실연을 하고 만두를 먹었다

밥상에 반죽을 밀어 놓고 컵으로 원을 떠낸 달을 반으로 접으면 보름이나 혹은 월초 같은 건더기가 불룩한 만두가 되었다 그걸 하루에 한 단어씩 아껴 먹었다 그릇을 씻고 입 안을 헹궈 내면

수챗구멍이 온통 환했다

날개를 모아다 보관하기도 했고 밤의 찬 공기들이 터질 듯 들
어 있기도 했다 만두는 빚어지는 방식을 편애하지 않았다

공평한 숫자가 담긴 그릇을 앞에 놓고 밝은 몸에 들어 기어이
검은 그림자를 끄집어내고야 마는 반으로 접힌 만두, 다시 불이
들어오고 꼭 누군가 밥상에 같이 앉았던 것 같은 흔적이 있다

그때 귀를 만지면 가려운 귀와 아픈 귀가 서로 다르다 만두를
많이 먹은 계절에는 귀 없이 지내야 된다

- 「만두」 전문

정전된 어느 밤, 저녁으로 만두를 먹는 사람이 있다. "칠흑
같은 어둠" 속에서 "검은 어둠으로 잠시 머물"고 있는 그는
"실연"을 당한 것으로 보인다. 실연(失戀)당한 것이 아니라
실연(實演)을 한 것일 수도 있다. 무엇을. 만남과 헤어짐을.
타자와의 관계를. 이를 실연한 그는 반을 여미는 것이 "집착
이 아니라 접착"임을 안다. 귀퉁이와 귀퉁이가 만나 반을 여
미는 일을 그는 존재론적 층위에서 사유한다. 적극적 오독을
허락한다면, "정전의 한때"는 일시적 죽음의 순간으로 볼 수
있을 것이다. 이때 "칠흑 같은 어둠을 집어넣고 빚은 만두"는

그 죽음의 순간을 체험케 하는 한편 "밝은 몸에 들어 기어이 검은 그림자를 끄집어내고야 마는 반으로 접힌 만두"를 마주하도록 그를 이끈다. 일시적 죽음 즉, 가사(假死)의 경험을 통해 검은 그림자를 마주하고 스스로 검은 어둠으로 잠시 머물게 하는 실연을 통해 귀퉁이의 접착이 지닌 의미를 재현한다. 어둠을 내포하고 있으며, 스스로 검은 그림자로 존재하는 삶은 불안한 존재들의 접착을 통해 황폐한 현재를 직시하게 만든다. 정전이 끝나고 "다시 불이 들어"온 자리엔 "누군가 밥상에 같이 앉았던 것 같은 흔적"만 남는다. 그러나 "흔적"은 부재한 존재를 상기하는 한편, 그의 곁에 머물렀던 존재의 품을 떠오르게 한다. "자신이 매고 있는 숨통을/ 스스로 확인할 수 있는 사람"(「숨통」)은 없다. 자신의 숨통을 확인하기 위해 우리는 어둠 속의 검은 그림자와 곁을 나눠야만 하며 존재의 귀함을 포기하지 않아야 한다.

접힌 만두는 신체의 귀퉁이에 있는 "귀"를 닮았다. 귀퉁이의 접착은 귀의 형상을 띄고 그 자체로 귀(貴)한 존재의 양태를 드러낸다. 언젠가, 어디선가, 귀한 존재로 대접받던 순간이 있었을 것이다. 다만 그 순간으로 돌아갈(歸) 수 없을지라도 귀한 존재로서의 자신을 끌어안으려 하는 안간힘을 포기할 수는 없다. 서로의 곁을 접착면으로 맞대고 "검은 어둠으로 잠시 머"무르는 순간은 자신의 숨을 확인하고 그 채움과 비움이 주는 의미를 이해하여 존재의 '귀함'을 놓지 않도록 한다. 언제나 잃기만 하는 세계 속에서 아무것도 얻지 못하더라도 다음을 모색할 가능성이 "내 손 안엔 들어 있"다는 깨달음. 그 위안이야말로 우리를 회유하고자 하는 저 세계의 기만에 쉽게 넘어가지 않도록 하는 진실한 삶의 형식이다.

3

그러나 현실은 그리 녹록치 않다. 박해람 시인의 이번 시집의 표제작인 「여름밤위원회」가 인유한 헤르타 뮐러의 소설은 루마니아에서 독재정권에 시달리며 서구세계로의 이주를 기다리는 독일 소수민들의 삶을 그리고 있다. 그중 '여름밤위원회'가 직접 제시되는 부분은 '사과나무'와 관련이 있다. 사과나무가 사과를 먹는 기이한 일이 마을에서 벌어지자 사람들은 '여름밤위원회'를 결성하고 사과나무를 불태우기에 이른다. 불타는 사과나무는 마치 화형을 당하는 마녀/여성의 모습을 띤다. 이는 여성의 몸을 '사과'에 빗대어 성적 착취를 하는 남성들의 모습과 결부되면서 여성의 수난으로 맥락화된다. 즉 '여름밤위원회'는 여성을 억압하고 이를 규율화된 착취 구조에 두고자 하는 남성 권력을 상징한다. 「여름밤위원회」에서도 "꽃씨가 흘러나오는/ 소녀의 얼굴"을 착취하는 위계에 관해 형상화함으로써 폭력적 현실을 폭로한다.

마당은 녹슨 철조망에 갇혀 있고
철조망은 냄새도 없이 썩는다

(……)

겨울, 누렇게 털이 말라 죽은 개를 본 적 있다 밥을 먹지 못한
개는 틈으로 번져 나간다 세상의 풀씨들이란 개의 털에서 쏟아졌
을 것이다

이 집에 살았던 사람들과 마당은 천적 사이였을까 여럿이 죽고
태어나는 동안 이름들은 제각각 나이가 달랐다 사람의 발자국은
잡초들의 천적, 마당은 사람의 말투를 잊으려 우거졌다
– 「마당이라는, 개의 이름」 부분

양파는 참을성이 많은 식물
무늬를 숨기고 겹겹 속으로 들어간
바짝 웅크린 식물
동그랗다고 다 구르는 것은 아니지
한곳에 있으면 뿌리가 생기고
코를 톡 쏘는 제자리들이 깃들어 여물지
– 「양파의 참을성」 부분

'보신'이라는 이름으로 죽음을 강요당하는 존재. '식용'이라는 단어를 머리에 붙이고 "녹슨 철조망에 갇혀" "냄새도 없이 썩는" 존재. 자신의 죽음을 기다리며 입맛을 다시는 사람들과 천적일 수밖에 없는 개. 강요된 죽음으로부터 벗어나고자 철조망을 넘어 탈출을 감행해도 살아갈 길은 막막하다. 밥을 구할 수 없는 겨울이면 특히 그래서 "밥을 먹지 못한 개는 틈으로 번져 나간다". 아니, 스스로를 '틈'에 가둬 우거진다. 폭력적 세계에서 벗어나 의탁할 장소를 찾을 수 없는 개의 상황은, 어떻게 보면, 집 안에 갇혀 가족들이 생활할 수 있는 기반을 마련하면서도 스스로는 돌보지 못하는 여성의 삶과 닮아 있다. 자신에게 가해지는 세계의 폭력을 온몸으로 실감하며 가족이라는 '틈'에 갇힌 채, "뿌리가 생기고/ 코를 톡 쏘는 제자리들이 깃들어 여물"게 되는 모습을 감당하는 '엄마'라는 존재. "죽어라 조상을 모시다 결국 조상이 된 엄마"의 모습은 밖으로 뻗어 나갈 가능성을 지니면서도 집의 한 부분으로만 존재하는 '마당'이라는 역설적인 이름을 지닌 개의 삶과 나란히 놓여 희생을 강요당하는 존재의 현실을 증거한다. 이를 참혹으로 명명할 수 없는 것은 그러한 현실 속에서도 삶에 대한, 자신을 둘러싼 세계를 우거진 몸으로 환대하는 존재의 어떤 기대 때문이다. 비록 그 기대가 기만되고 외면당하더라도, "거둬들일 바깥이 없는 그런,/ 고장 난 질문이나 대답 같을"(「트렁크」)지라도 세계를 끌어안은 채 참아 내고 마는 존재의 슬픔이 아프게 다가온다. 이 슬픔의 역사를 기록하는 일 역시 시인이 수행해야 하는 일일 것이다. "나무가 흔들리는 것, 그건 바람이 아니라 풍덩풍덩 누군가 돌을 던지고 있다는 뜻"이라는 것, "그래서 나무들마다 동심원이 들어 있는 것"임을 밝히는 일(「누군가 나무에 돌을 던졌다」). 나무의 나이테가 단순히 시간의 축적이 아니라 누군가 던진 돌의 흔적이자 고통의 역사임을 나무를 대신해 말하는 것이야말로 시인의 역할이다.

　다시 말하건대, 삶의 어느 국면 속에서 가득 찬 고통으로 결박된 존재를 비워 내 다른 길의 풍경을 제시하는 일은 시인의 자리를 밝히는 데 중요한 몫을 담당한다. 박해람 시인은 시인의 자리를 분명한 어조로 밝히고 있다. 시인에게 "위로를 추렴하는 모임에 참석하고/ 시인으로 철없는 결구를 짓고/ 사람으로 뻔뻔한 치욕을 편"드는 일은 "죽기 딱 좋은 과오"일 따름이다(「근황」). 이 "그늘엔 가시가 없지만 교조주의와 불가지론이 무성하"(「6월의 담장」)기만 하다. 시인의 시적 성찰은 "시든 문장이지만/ 조금의 물기만 닿으면/ 다시 뛰고야 말 것"이라는 자의식을 불러온다(「손의 부축」).

　　나를 덜어 내는 일입니다
　　상대들을 위하여
　　그 두려운 상대들을 위해

내 살을 덜어 내는 일입니다
차라리 넘어지는 일이라면 좋겠습니다
(……)
체급이란 누구이며 어떤 존재입니까
아슬아슬하게 자신을, 자리를 지키는 일입니까
땀을 흘리는 고단한 체급
한 방울의 숨까지 따라 내고
저울 속에 헛헛한 공복을 구겨 넣습니다
(……)
판이라는 곳은 나름 정직합니다
체급을 벗어난 주먹을 섞지 않으니까요
(……)
여분도 없이 텅 빈 무게
덜어 낸 무게 앞에서 안도합니다
허청대는 공복 속으로 질긴 연습을 넣습니다
헝클어졌던 머리카락들이 엄숙한 계체량으로 빗겨지는 시간
처음부터 우리에겐 체급이 있었고
체급은 늘 배고픈 일입니다

– 「감량」 부분

　폭력적 세계와 맞서야 하는 이는 세계의 체급과 자신을 맞
춰야 할 필요가 있다. 그러나 시인은 "두려운 상대들을 위해/

내 살을 덜어" 낸다. "차라리 넘어지는 일이라면 좋겠"지만 그것은 싸움을 포기하는 일이기에 그럴 수 없다. 시인은 세계와 대등한 체급을 지닌 몸을 만들기보다는 역설적으로 "한 방울의 숨까지 따라 내"어 "여분도 없이 텅 빈 무게"를 지향한다. 채우기보다는 비워 냄으로써 "아슬아슬하게 자신을, 자리를 지키"고자 하는 것이다. "허무는 일은 허물어지는 일이 아니라/ 풀고 풀어지는 일이 된다"(「흉내」)는 것을 아는 시인은 무게를 덜어 내 빈 몸을 만든다. 응축된 긴장을 걷어 내어 새로운 "판"을 구축한다. "판이라는 곳은 나름 정직"하기에 "체급을 벗어난 주먹을 섞지 않으"리라는 믿음으로 자신을 비워 저 "두려운 상대"가 나와 같은 체급이 되도록 애를 쓴다. "나는 늘 진다"(「아랫입술을 깨물면」)는 것을 알면서도 저항하려는 의지. 자신을 세계의 규정으로부터 내던짐으로써 그곳의 부조리와 맞서 싸울 칼을 벼리는 수행. 시인은 "무뎌진 칼날로 뼈를 삼"아 "단호한 이름이 되려" 한다(「칼집」). "덜어 낸 무게"를 전유하여 그만큼 비워 낸 존재는 어디에서도 위안을 얻을 수 없을지라도 한판 대결을 도모할 수 있게 된다. 안락하고 안온한 상태에 머무르기보다는 내상을 다스려 세계와 부딪혀 싸우고자 하는 사건에의 추구야말로 사르트르가 말한 패이승(敗以勝)의 구현일 것이다. 그러나 "체급은 늘 배고픈 일"이라서 그에 맞춘 삶을 살아 내는 것은 지난하기만 하다. 그럼에도, 혹은 그렇기 때문에 그 일이 "실(失)

이라는 것"(「빨간 실」)을 이미 알고 있더라도 회한에 빠지기
보다 자력갱생하여 반짝거릴 삶으로 나아갈 것을 믿기에 곤
궁으로의 전락은 없을 것이다.

4

김현 평론가의 말을 빌려 말하자면, "문학은 써먹을 데가
없어 무용하기 때문에 유용한 것이다. 모든 유용한 것은 그
유용성 때문에 인간을 억압하지만, 문학은 무용하므로 인간
을 억압하지 않는다. 그 대신 억압에 대해 생각하게 만든다."
그런 이유로 세계의 요구로부터 빗겨 난, 무용한 것을 생산
하는 시인이란 존재는 이 세계의 타자인지도 모른다. 모리
스 블랑쇼의 말처럼 "능력으로서 긍정되는 불가능"인 시를
쓰기 때문이겠다. 효율성과 효용성에 익숙한 이들은 세계의
요구를 정체성의 기반으로 삼아 그 틀에 자신을 채운다. 불
가능의 가능, 비효율의 효율이라는 역설로 비움을 체현하려
는 시인은 그들의 눈에 그저 '꽉 막힌 사람'일지도 모르겠다.
그런 점에서 박해람 시인이 이번 시집을 닫는 시는 의미심
장하게 다가온다.

이만큼 살아왔다,

꽉 막힌 사람 하나 뚫고
뚜껑 같은 사람 하나 열고
그 사람 쏟으며 왔다

꽉 막힌 사람은 뚫린 구멍 틀어막고
질질 흘리고 새면서도
여전히 꽉 막힌 사람
적어도 몇 번의 구멍이 더 생겼지만
그의 옆에는 뚫린 그를
꽉 막아 주는 사람 하나 있다

그 또한 꽉 막힌 사람에
꽉 막혀 있던 사람
뚫는 방법을 훤히 알면서도
모르는 척
안 뚫는 사람

숭숭 구멍 뚫린 사람
뚫린 채로 꽉 막혀 있던 사람
뚫린 사람을
꽉 막아 주던 사람

저 훤히 뚫린 보름 밤

누구는 구멍이라고 하고

또 누구는 마개 같다고 한다

– 「꽉, 막힌 사람」 전문

원환적 구조를 취하는 이 시의 대상은 "꽉 막힌 사람"이다. 한편으로 "숭숭 구멍 뚫린 사람"이기도 하다. 즉, "뚫린 채로 꽉 막혀 있"는 사람이라고 할 수 있겠다. 시인이란 존재는 그렇게 막혀 있으면서 뚫린 사람이다. 그의 곁에는 "뚫린 사람을/ 꽉 막아 주던 사람"이 함께하지만 그 둘을 각각의 사람으로 나눌 수는 없다. 뚫고 막는 행위가 의미하는 삶이 무엇인지 알 수는 없지만, 그것이 결여 혹은 결핍으로 제한된 삶은 아니라고 생각된다. 효율과 효용의 세계에서 보자면 결여된 존재, 탈각된 존재일 수도 있겠으나 박해람 시인의 다른 시편들을 매만지며 톺아본 바에 의하면, 그는 채움과 비움이라는 수행을 통해 자기 갱생의 삶을 지속하는 존재라 할 수 있다. 막힘과 뚫림을 어떻게 감각하느냐에 따라 인지의 양태를 달리할 수 있기 때문이다. 이는 "썩은 폐정을 열고/ 검은 물 한 바가지"(「폐정일주(廢井日酒)」) 들이켜는 일과 같아서 아직 완료되지 않은 과거와 지속되는 현재를 사유하고자 하는 의지에 가깝다. 아무리 막으려 해도 숭숭 뚫리는 구멍을 어찌할 수 없다. 오히려 채워진 것을 비우고 그 빈자리를 마주한 순간 우리가 경험하게 될 세계는 불가능의 가능, 불가능이라는 가능의 또 다른 삶으로 펼쳐질 것이다. "이만큼 살아왔다"는 전언 뒤에 붙은 쉼표처럼 영원을 위한 숨 고르기는 끊임없이 갱생될, 앞으로 우리가 마주할 무수한 가능성을 예비하는 도약이 될 것이라 믿어 의심치 않는다. "동이 튼다. 곧 날이 환해질 것이다." 그러니 새로운 날을 향해 성큼 발을 디뎌 보자.